ーズ⑨

子の一句

岩田由美
yumi iwata

ふらんす堂

綾子の一句＊目次

綾子の一句

凡例

○細見綾子の秀句三六五句を、句の季節あるいは制作日によって配列し、鑑賞を加えた。
○平成二五年（二〇一三）一月一日から十二月三一日にわたり、ふらんす堂のホームページに連載したものを元にしている。単行本化にあたって連載時のものに加筆、訂正している。
○掲出句の下に掲載句集・掲載誌を示し、鑑賞の終りに太字で季語と季節とを示した。
○本文で示した季語は、できうる限り句中の形に従っている。
○俳句作品に読みがな（ルビ）を付けて、読みやすくした。読みがなは俳句、鑑賞ともに現代仮名遣いで表記している。
○漢字は俳句、鑑賞ともに新字を用いた。ただし、一部人名などはこの限りではない。
○巻末に季語別の索引を付した。索引中の季語表記は、日本大歳時記（講談社）に準じた。

一月

1日

花とさす日よ新年のかんばせに

『伎藝天』

めでたい一句。新年と思えば、顔に当たる日差しも花のようにあでやかに感じられる。具体的なものは「日」と「かんばせ」だけ。顔に日が当たっていると言ってしまえば、身もふたもない些事だが、「花とさす日」、「かんばせ」と雅やかな言葉を選んで、淑気を伝える。思いがけず日の明るさを感じた喜びを「花とさす日よ」の七音が表している。季語＝新年（新年）

2日

元日の昼過ぎにうらさびしけれ

『桃は八重』

元日も昼過ぎとなると、華やいだ気分にかげりが出てくる。年賀の客の応対に一区切りが付き、緊張感がほぐれる頃か。ふと自分だけ醒めてしまったような寂しさ。その心持ちをずばりと「うらさびしけれ」と詠んだ。「元日や手を洗ひをる夕ごころ　芥川龍之介」が思い合わされる。この句にもうらさびしさがある。季語＝元日（新年）

3日

木綿縞着て元日を坐りをり　『伎藝天』

元日というのに絹のよそゆきではなく、普段の木綿縞を身に着ける。座ってのんびりしているようで、いつでもさっと立って家事をこなすのだろう。着慣れた木綿こそが自分に一番ふさわしいという自信も感じられる。元日という特別な日に木綿縞を着ている自分が好きなのだ。年始の挨拶も廃れ、特別なお洒落をすることもない今どきの元日では分かりにくい感慨。季語＝元日（新年）

4日

木綿縞着たる単純初日受く　『和語』

細見綾子は「単純」なことに高い価値を置いていたようだ。手織の木綿縞を身に着けることも昔ながらの素朴なあり方なのだろう。そのままの、素の自分が初日を受ける。初日に祝福されているようだ。「単純」という抽象名詞をぽんと使ってしまう。却って無造作な良さが生まれる。真似はできない。季語＝初日（新年）

5日

正月の月が明るい手まり歌

『冬ゝ薔薇』

懐かしさと喜びを感じる。正月の穏やかな月の夜に、手まり歌が聞こえる。子供が夜に手まりで遊んでいるというよりは、親戚一同が集まって昔話がはずむ中に、昔遊んだ手まり歌が登場したのではないか。あるいは夜に一人になった時に、ふと子供の頃の歌が浮かんできたのかもしれない。大人が思い出す手まり歌。幸せな子供時代につながる思い出の歌だ。**季語＝正月（新年）**

6日

正月の雪や一日眉まぶし

『存問』

正月に降る雪。雪の明るさで眉がまぶしいほどの雪だから、あたりが暗くなるほどの吹雪や大雪ではないだろう。積もりかけた雪の反射が窓から入ってきて、眉のあたりが眩しい。部屋が明るくなるわけではなく、外の雪の白さがきわだつ光の加減を、「眉まぶし」と感覚的に表現した。正月の雪と思えば、豊年を約束し、祝福を与えてくれるようなイメージもある。**季語＝正月（新年）**

7日

餅花の乾きて割れて落つる音

『虹立つ』

聞こえたのは乾いた小さな音。見れば餅花のかけらがある。枝に残る餅花もすっかり乾いてひびだらけ。「乾いて割れて落ちたんだ」と納得する。「乾きて割れて落つる」と動詞を三つもたたみかけるが、事実をなぞっているわけで、わずらわしくはない。こうしてたたみかけると目の前で餅花が変化していくような、その変化をずっと見ていたような感覚が生まれる。季語＝餅花（新年）

8日

水餅の水替ふこともくらしかな

『天然の風』

大量に餅をつき、水餅にして保存し、長く食べ続ける。冷蔵、冷凍など保存技術が進み、正月の行事や食事が簡略になった今では目にすることもない。でも餅がかびないように毎日水を替えるといった手間が暮しの要素の一つ、と詠む。蕗の筋を取る、梅を漬けるといったことと同様、水餅の水を替えることも、細見綾子には「甲斐あること」だった。季語＝水餅（冬）

9日

餅のかびけづりをり大切な時間

『和語』

少し暖かいと餅にかびが生える。点々と生えたかびの部分を包丁で一つずつ削っていく。これもまた一仕事。細かい手仕事をする時間を「大切な時間」と言い切る。暮しの中核をなす食べることのために費やす時間だからだろうか。『伎藝天』には「餅のかび削りて時間忘れたり」という句もある。食にかかわる作業を毎年毎年一心に行うことが楽しかったのだろう。季語＝餅（冬）

10日

寒卵置きし所に所得る

『冬薔薇』

寒卵を台に置く。普通ならちょっとは転がるだろうに、置いたところにぴたりと止まった。収まるべき場所に居心地良く収まったように感じられた。「所得る」という言葉が秀逸。今は「寒卵」の意味はつかみにくい。年中冷蔵庫にある卵ではなく、時々滋養のために食べるもの。しかも寒中には栄養価が高まるとか。輝くように白い卵が「所得」ている様子を思う。季語＝寒卵（冬）

11日

寒卵二つ置きたり相寄らず　『冬薔薇』

寒卵を二つ置く。ちょっとしたでこぼこにころころと寄って行きそうなものだが、その二つは近寄らなかった。別々の向きに転がったのか。それぞれに「所得」たのか。いずれにせよ、そむき合った二個の卵の存在感がきわだつ。少し離れて止まった二個の卵に、人間関係の比喩を読み取りたくもなるが、ここは単純な事実と読む方が面白い。季語＝寒卵（冬）

12日

猪肉のがんじがらめの小包みよ　『伎藝天』

細見綾子の故郷、丹波からの品物だろうか。冷凍ではないだろう。油紙で包んで、汁が漏れないようにしっかりと縛って送られてきた。ほどくのに一苦労するほど固く、「がんじがらめ」に縛ってある。猪肉の野趣に通じる荒っぽさと、一方で送る人の心遣いも感じさせる。「がんじがらめ」と興じながらその荷づくりの朴直さを愛していることが伝わってくる。季語＝猪肉（冬）

13日

曼陀羅の地獄極楽しぐれたり

『存問』

仏の世界だけでなく、地獄も含めた十界を描いた曼陀羅なのだろう。描かれた地獄と極楽を見ているとき、お堂の外は時雨が降ってきた。事実はそうなのだろうが、この句では絵の中の地獄と極楽にも時雨が降るようだ。暗澹とした地獄と清朗とした極楽。その両者に分け隔てなく時雨は降る。淡い雨の光を曳きながら、地獄から極楽へと時雨が通り過ぎていく。季語＝しぐれ（冬）

14日

氷割つて漬菜取り出すその暮らし

『曼陀羅』

冬の備えとして大きな樽にたっぷりと菜を漬けたのは、そう遠い昔のことではない。冬の貴重なビタミン源だった。厳寒期には漬物から上がった水が凍りつく。その氷を割って漬菜を取り出すのだ。さぞ手が冷たいだろう。でもそれがその土地の暮し。「信州人　三句」と前書のついた句の一。続いて「雪解どき醬油室見に来よといふ」「白樺の芽立ちの話してゆけり」。季語＝氷（冬）

15日

ポストへの径吾が径に山茶花散る　『伎藝天』

このポストは自宅の塀に取り付けてあるもの。玄関からポストまでの短い道を「吾が径」と思う。なじみの道になじみの山茶花が散る。小さいが「私の世界」だ。小さいがゆえに作者自身の身に添うような懐かしい世界だ。「郵便物を取りに行くのは毎日の私の仕事。その径に山茶花が散る。ほんの三間ほどの距離に山茶花が散り敷く」（『武蔵野歳時記』）とある。季語＝山茶花（冬）

16日

風邪の子に屋根の雪見え雀見え　『雉子』

風邪を引いて寝込んでいる子供。隣に寝てやると、窓からちょうど屋根の雪が見え、雀が止まったり飛んだりしているのが見える。少しは退屈しのぎになるだろうか。子供の目線になりきって詠む。あるいは子供が布団から目を留めて、「屋根に雪が積もっている」とか「雀が来た」とか母親に話しかけてくるのかもしれない。雪も雀も風邪の子の心を慰める。季語＝風邪（冬）

17日

藪入りやまだ肩揚げの木綿縞

『天然の風』

落語の世界でしか知らないが、「藪入り」は正月の十六日前後に奉公人が主人から休暇をもらって親元に帰ることを言う。着物の裄丈を縮めるために肩の部分を短く縫い上げているくらいの子供。おそらくは母の手織の木綿縞を身に付けて、嬉しそうに実家に向かっているのだろう。「藪入り」も「肩揚げ」も「木綿縞」もひと昔前のことのようだが、心惹かれる。季語＝藪入り（新年）

18日

蓄へのぜんまいを煮る雪の宿

『仗藝天』

干したぜんまいか塩漬けにしたぜんまいか、春にたくさん採って蓄えておいたものを料理して客に出す。雪深い中でぜんまいをご馳走になり、驚いて主に尋ねたのかもしれない。事実をそのままに詠んで、雪国の暮しを伝える。「雪の宿」は「黴の宿」、「虫の宿」と同様に宿屋ではなく、人の住む家の意味。「新潟県浦佐　行方秋峰さん居　七句」の二句目。季語＝雪（冬）

19日

寒牡丹包める萼のうすみどり

『天然の風』

俳人は寒牡丹を裏から表から嘗め尽くすように見る。つぼみもある。つぼみを包む萼がうすみどり色だった。牡丹の花の美しさもさることながら、萼のうすみどりもきりりとして美しい。冬景色の中に見る緑色はいかにも鮮やかで、これから咲く牡丹の色を透かして見せていたのだろう。青いつぼみの美しさがきわだつのは寒牡丹ならではのことと思う。季語＝寒牡丹（冬）

20日

寒牡丹よりも凍《こご》えて寒あやめ

『天然の風』

寒牡丹のそばに時ならぬあやめが咲いていた。寒のあやめは衝撃的だ。まさに「凍えて」見えたのだろう。具体的な描写は何もなく寒牡丹と比べているだけだが、意想外の寒あやめが凍えているさまを想像する。丈は低く、花弁は開ききることもなく、その紫色を見せていたのだろう。大和の石光寺の牡丹園での作。同時に「寒あやめ花びら薄く透きゐたり」他四句。季語＝寒（冬）

21日

寒の空もの丶極みは青なるか

『冬薔薇』

寒の空を見上げる。宇宙の暗さが透けて見えるような、雲一つない真っ青な空だ。「もの丶極みは青」という力強い言葉が、青極まった空を見せる。「青なるか」は詠嘆だろう。すべてを突き詰めればこの寒の空の青となる。他の一切の色を寄せ付けない、きりりとした奥深い青だ。寒の空を見た感動が、緊張感をもって「もの丶極み」と抽象的に表現されている。季語＝寒（冬）

22日

寒少しゆるむ墓参の帰り道

『仗藝天』

寒中の墓参り。墓の周りを掃除し、お供えをして花を生け、ろうそくや線香に火を灯す。手を合わせ、瞑目して故人に祈りを捧げる。一連の行事に生者の心は安らぐ。一仕事終えた帰り道、家を出た時に感じた寒さが、少しゆるんでいるようだった。実際に気温が上がったのでもあろうし、体を動かしたせいもあろうが、この寒のゆるみは心の落ち着きを感じさせる。季語＝寒（冬）

23日

寒き故くれなゐ色がうち沈む

『桃は八重』

不思議な句。寒さのゆえに、紅色が沈んで見えるという。何が紅色なのかはいわない。目の前の何か紅いものが、少し曇った艶消しの色と感じられる。衣服を想像してもかまわないとは思うが、冬の木の実を思い浮かべるのも自然だろう。千両、万両、南天、ピラカンサなど、冬は紅い実が多い。遠くからぱっと目を引くような赤さではない。うち沈む紅だ。季語＝寒し（冬）

24日

くれなゐの色を見てゐる寒さかな

『冬薔薇』

黙って紅色の木の実を見ている人を思い浮かべる。派手な紅色ではないが、やはり温かみを感じさせる色だ。雪をいただいた万両の実などはっとするほど美しい。目に留まった紅色に心惹かれて、しばらく見入ってしまう心持ちは、いかにも寒い時のものだ。冬枯れの中で紅色は温かく、懐かしく見える。ついそのまま見つめてしまうのだろう。季語＝寒さ（冬）

25日

いびきして寝るは子の父雪雫　『雉子』

まだ若い父だろう。幼い子供と遊び、寝かしつけて、自分も寝てしまった。いびきをかいている。この屈託もなく眠っている人が人の親なんだなあ、とほほえましい気持ちになる。窓の外は雪が解けて雫があちらこちらで垂れている。若い父親に対する温かいまなざしと、ほんの少しゆるんだ寒さが調和する。モデルは沢木邸を訪れた若き日の金子兜太さん。季語＝雪雫（冬）

26日

水瓶をさげて冬日へ一歩かも　『虹立つ』

「東京博物館で百済観音を拝す」という前書がある。すらりとした体は、正面からはわずかに前のめりになっているように見える。両足はそろっているが、水瓶を持った左手は軽く前に突き出されている。右手は肘を曲げて掌を上に向け、体の前に差し出される。少女のような、少年のような優しげな姿。そのまま冬の日差しの中に一歩踏み出してほしい。季語＝冬日（冬）

27日

古寺のしぐれや音をなさずして　『存問』

奈良元興寺と前書がある。穏やかな一句。通り雨とはいえ、屋根を、土を、木々を濡らす。何かしら音を立ててもよいはずだが、古寺のしぐれは音をなさない。突然やってきた霧のようにあたりを包み、さっと消えてゆく。その静けさとはかなさが、由緒ある寺に似つかわしい。古びたお堂や庭の木々を、ただ濡らしただけで通り過ぎていった雨。季語＝しぐれ（冬）

28日

蓮田より日にふくれたるふとん見ゆ　『伎藝天』

冬の蓮田。枯蓮がぽつぽつと残る水面が広がる。寒々とした蓮田から目を転じると、日を浴びてふくふくと膨れた布団が見える。足元は冷たいが、少し離れた人家に見える干し布団の暖かそうなこと。分厚い布団がさらにふっくらとして、日向の香りが漂ってくるようだ。蓮田の寒さを経由して、天国のように暖かそうな布団。「日にふくれたるふとん」が魅力的。季語＝ふとん（冬）

29日

枯草に日あたるといふよき事あり

『冬薔薇』

枯草といえばうらぶれて淋しげなイメージがあるが、この句は違う。枯草も日が当たれば輝きわたり、温かみを感じさせる色を見せる。でも細見綾子は細やかな光の変化を描写しようとはしない。「日あたる」ことそのものが、文句なしに「よき事」なのだ。おおらかな断定により、枯草の広がる景色にも幸せを感じることができる。季語＝枯草（冬）

30日

枯芝に日あたり来よと思ひゐつ

『冬薔薇』

寒い昼、枯芝の上を歩く。枯れて踏み甲斐もない芝生では、日を楽しますこともなく、風が身にしみるだけ。せめて日が当たればからだも暖かく、芝生の色も一気にかがやかしいものになるだろうに。寒い戸外を歩く時に誰もが持つ感慨を、飾り気なく詠む。29日の「枯草に日あたるといふよき事あり」の通り「日あたる」ことは「よき事」なのだ。季語＝枯芝（冬）

水仙を背負ふ籠にて目の粗き

『仗藝天』

越前岬二十七句のうちの一句。「藁と鎌腰に水仙山のぼる」「水仙結ふ腰藁しごきしごきけり」など水仙を収穫する人の姿を次々に詠む。籠にも目を留めた。「目の粗き」が発見。長い水仙を入れるのだから考えてみれば当たり前だが、あらためてはっとする。美しい水仙を入れるのにいささか粗野な籠。「水仙を背負ふ籠」という表現には無駄がない。季語＝水仙（冬）

二月

1日

水仙の花を暮らしの糧《かて》として

『伎藝天』

これも越前岬二十七句のうちの一句。一般の人にとっては、水仙は姿かたちや香りを愛でるものだが、ここでは「暮らしの糧」なのだ。「水仙を切り出すに雨あたたかき」と雨の中でも海際に下りて収穫する。「烏賊裂きてくれし女も水仙摘む」「水仙切る出稼ぎ夫を遠ちに置き」「水仙売りし銭ふところに年を越す」旅先で出会ったたくましい女性を讃えている。季語=水仙（冬）

2日

雪の嵩戸を開けてまた閉めて見る

『虹立つ』

雪が積もった。窓から見ているだけでは物足りず、戸を開けて見てみる。寒くてすぐに閉め、それでも気になってまた窓から見る。雪国に育った人の感覚ではない。たまに積もった雪が珍しく、どこかわくわくする。細見綾子の故郷の丹波では、一と冬に何度か雪が積もるがせいぜい2、3センチ程度という。金沢の雪も経験しているはずだがやはり雪が面白いのか。季語=雪（冬）

3日

追儺豆帽子をぬぎて受けるあり

『曼陀羅』

有名な寺社での豆まきだろう。舞台からまかれる福豆を授かろうと、大勢の人が手を伸べる。その中で帽子を脱いで豆を受ける人がいた。見たままの光景。我先に詰めかけて必死で豆を手に入れようとしていて、思わず帽子を脱いで差し伸べたのか。でも手で受けるよりも効率がよさそうだ。なりふり構わぬ人の姿がユーモラスだ。季語＝追儺豆（冬）

4日

夜の卓にひろぐる地図に春立てり

『存問』

夜のテーブルの上に地図を広げる。春立つ日のことだ。暖かくなったら旅に出ようという心持ちだろう。行きたい場所の地図を広げて、ここに寄ろう、あそこを見に行こう、と心が弾む。灯に照らし出された地図は、楽しい旅を約束してくれる。立春の頃は実際にはまだ寒いが、今日から春と思えば心は弾む。過ごしやすい日々ももうすぐ、旅ももうすぐだ。季語＝春立つ（春）

5日

今日よりの春の星なる杉秀《ほ》先

『和語』

高い杉の梢の真上に明るい星が見える。清らかな光景だ。星の光は冬の間は寒さをより強く感じさせるが、今日からは春。春と思えば、心なしか光の加減も柔らかに、温かみを帯びて感じられる。言葉の運びがなめらかで無駄がなく、「杉秀先」という言葉にも格調がある。ものみな動き出す春に向けて、希望のように輝く星が見えてくる。

季語＝春の星（春）

6日

春立つといづくへ向きて歩き行かむ

『牡丹』

春が訪れた。寒さに縮こまっていた冬とは違って、どこかへ行きたい。からだを動かしたい。「いづくへ向きて歩き行かむ」は文字通りには「どこへ行こうか」だが、本当は、行き先などどこでもいいのだ。どこかに向かって歩き出したいエネルギーが湧き出してくる心を詠む。春という音は、生命力や心が「張る」に通じるという。そのことがこの句でも実感できる。

季語＝春立つ（春）

7日

春になる夕べ寒しと言ひながら

『曼陀羅』

「昼は暖かいのに、夕方になるとまだまだ寒いですね」。今頃毎日のように繰り返す挨拶だ。「夕べ寒し」と言い交しながら季節は確実に移り、春になる。「春になる」という終止形は、散文ならば、毎年こんなものだという一般性を表しているだろうが、俳句ではそうなってほしいという願いや、すでに春の兆しを感じ取っていることを読み込んでいいと思う。季語＝春（春）

8日

塀くづれ枯草が綴ぢそこに春

『伎藝天』

土の塀がくずれている。その割れ目を繕うように、枯草が伸びている。美しくもなんともない景色だ。むしろ寒々としているかもしれない。しかし「そこに春」と言われると、にわかに日が差し、くずれかけた土塀の黄ばんだ土の色や、枯草の色が温かみを帯びて見えてくる。よく目をこらせば枯草の奥の方に、草の芽が萌え出しているのが見えるかもしれない。季語＝春（春）

9日

干しぜんまい浸して春の水と知る

『天然の風』

おそらくは昨年に干したのであろうぜんまいを、水に浸して戻す。今年のぜんまいはまだなのだろう。何気なく手を浸けた水がいつもと違った。冬の水ならば触れた指先がぴりっとするほど冷たいのに、今日の水は違う。たしかに春の水だ。冬に野菜が足りない時の助けとなる干しぜんまいによって、却って春を感じ取るのは、少し意外で、喜ばしいものだろう。季語＝春の水（春）

10日

山焼きを見したかぶりを持ち来る

『伎藝天』

山焼きは人の心をたかぶらせる。勢いよく燃え広がる炎を追い、迎えうち、制御する人の技。そのスピードも熱もまだ脳裏になまなましいうちにやってきて、わくわくしながら語ってくれる人。「たかぶりを持ち来る」とは抽象的な表現だが、「山焼き」という季題の力で、興奮している人の息づかいや、目の輝き、その身についた灰や匂いまで想像させる。季語＝山焼き（春）

11日

よべの雨しみとほりたる畑の梅

『桃は八重』

畑のそばに立つ梅。畑の土は黒々と湿っている。昨夜の雨がしみとおっているのだ。「しみとほりたる」という言葉から、かなりの雨が降ったことがわかる。今朝、雨はあがっているが、畑の土はたっぷりと水を含んでいる。その土にかぶさるように梅の花が咲いている。色は白でも紅でもいい。白は黒い土との対比が清らか。紅は人懐かしい感じがする。季語＝梅（春）

12日

ひざ没す雪よわさびの根分け時

『伎藝天』

長野県安曇山葵田二十七句の中の一句。「二ヶ月の雪が山葵のみどりに降る」「山葵田の小石ゆるがし春清水」という句もあり、詠まれたのは春だが、季題は「雪」。分類すれば冬の句。ただ実作者は目の前の景を詠みたい。ひざまで雪に沈めて緑色の山葵を抜き、株分けをしている人間の営みに迫力がある。その事実の前で季節の分類は問題にならない。季感は早春。季語＝雪（冬）

13日

春になるなればパン屑鶏にやる

『冬薔薇』

この句の「春になる」は、すでに春になったことを表していると思う。春が来た、だからパン屑を鶏にやる、と読んだ。放し飼いの鶏に、家の外でパン屑をまいてやる。野菜屑とか飼料ではなくパン屑だから、仕事としてというより、半ば遊びのように餌をやるのだろう。日の当たる庭にパン屑をまくと、鶏がにぎやかに集まってきてつつき始める。春らしい光景だ。

季語＝春（春）

14日

冬暮したる屋根を見る道に出て

『冬薔薇』

冬の間は外出も控え目にしてずっと屋根の下で過ごしていた。ようやく暖かくなって外でゆっくりできるようになったのだろう。道に出て振り返ると自分のうちの屋根が見える。「冬暮したる屋根」と思いながら眺める。昔風の家屋の、大きなかぶさるような屋根が想像される。季題はこれ、とはっきり言えないが、内容は明らかに春の心持ちを詠んでいる。無季

15日

ねはん図の蛇青々とかしづける

『虹立つ』

涅槃図に描かれた動物を詠む句はさまざまあるが、この句で作者の目に留まったのは蛇だった。緑がかった目立つ青色で描かれていたのだろう。横たわる釈迦の方に頭を向けて、さてどんな形を取っていたのか。「かしづける」という言葉は優雅で、釈迦の死を悼んで集まる動物たちにふさわしい。私は身をくねらせ、頭はうつむいている蛇を思い浮かべた。季語＝ねはん図（春）

16日

曼珠沙華の冬葉青々牡丹雪

『虹立つ』

冬の曼珠沙華は青い葉ばかりが見える。花が散り、花茎が朽ちてなくなった後で、短めの、ちょっと厚みのある細い葉がたくさん伸びる。「冬葉青々」という言葉にぴったりだ。そこに牡丹雪が降ってくる。冬葉を隠すほど積もることはない。いっとき地を白く染めてすぐ消えていく。その白い色とはかなさが曼珠沙華の冬葉のたくましさを引き立てる。季語＝牡丹雪（春）

17日

薪水を事とする日の牡丹雪

『冬薔薇』

炊事に明け暮れるという日は確かにある。時節のことをいちどきに処理したり、来客があったり、手間の掛かる料理を仕込んだり。難しいことを考える暇はないが、火と水をつかさどって生活のさまざまを片付けていくのは、なかなか爽快なものだ。緊張感をもって家事をこなしていく一日、窓の外には牡丹雪が散っている。季語＝牡丹雪（春）

18日

磯焚火わかめの屑も足しにける

『存問』

三重県志摩の漁村で、わかめを刈る海女のあたる焚火を磯焚火という。ちゃんと薪を組んでしっかりした焚火をこしらえるが、わかめの屑を火に放りこむこともあるのだろう。ただごとのようだが、想像だけではできない句だと思う。現場に足を運んで、巡り合った真実。磯焚火とはこんなものだ、と読者にも味あわせてくれる。季語＝磯焚火（春）

19日

麦の畝雪の残りてゐしといふ

『天然の風』

人に伝え聞いた残雪の様子。麦畑の畝だけに雪が解け残っていたという。麦の芽はもう出ているだろう。麦の芽の見える畑土のところどころに、筋になって白い雪が残る。「堀文子さん丹波へ」という前書がついている。ただ聞き及んだだけの風景ではない。故郷の風景だ。作者には麦畑を囲む山河の情景がありありと浮かんでいただろう。季語＝雪残る（春）

20日

春霰降る図書館の赤煉瓦

『曼陀羅』

寒い春の一日、図書館の近くを通る。大学の図書館か古い公立の図書館か。赤煉瓦づくりの重厚な建物に春の霰が降る。軽く硬い音を立ててぶつかる小粒の霰だ。白い氷の粒が道にも溜まっていく。どっしりとした図書館の中の様子は分からないが、何事もなかったかのようにそこにあり、書物に親しむ人たちは霰が降っていることに気づいていないかもしれない。季語＝春霰（春）

21日

二月や人の形見の絣着て

『曼陀羅』

二月はまだ寒さが厳しいが、日も次第に長くなり、本格的な春に向けて期待が高まる。もうひと頑張り、という時期だ。絣は普段に着るものだから、形見にいただくとすればかなり近しい人からだろう。その人のぬくもりを感じながら、二月というつらい時期を過ごす。ともに過ごした時のことを思い、そこに生きる力を得るような感覚もあるのかもしれない。季語＝二月（春）

22日

初蝶はひらく考へをもよぎる

『冬薔薇』

かなり主観的な句。しかし蝶は実際に目の前に現れたのだろう。なにか考えごとをしていた作者は「初蝶」と、はっとする。蝶はそのままひらひらと飛び過ぎる。それを、目の前だけでなく、「考へをもよぎ」ったと感じた。考えがまるで具体的な物のように表現されていて面白い。考えごとは続けながら、蝶の飛ぶ様子を目で追っているように思われる。季語＝初蝶（春）

23日

春の雪日暮は青きかげもてる

『曼陀羅』

まだあちこちに春の雪が残っている。道端などに寄せられた雪は、昼間見ると結構きたない。小石や煤が混じって薄黒い。日暮は違う。雪が内部から光を発しているように見える。雪の塊のくぼんだ所や陰になった所が不思議な青色を帯びる。一度雪が解けた後にまた凍った大きな氷の粒を光が透過するとか、たぶん理屈はあるだろうが、俳人はただこう詠えばいい。

季語＝春の雪（春）

24日

牡丹の芽筆ほどといふしか思ふ

『曼陀羅』

一緒に牡丹の芽を見ていた人が「筆ほど」と言う。なるほどそうだと思う。一句の中心が対話のような描き方なので、「筆ほど」と言った人と、素直に同意する作者との心の通じ合う様子も感じ取れる。でも読み終えて心に残る映像は「筆ほどの牡丹の芽」だ。虚子の「初蝶来何色と問ふ黄と答ふ」が、自問自答のようで、ちゃんと初蝶の姿が見えるのと同じだ。季語＝牡丹の芽（春）

25日

冴え返る匙を落して拾ふとき

『和語』

感覚的な句。匙を落した時のいやな感じ、大げさに言えば、後悔の念と神経に障る音がまず感じられる。拾う時も、身をかがめる動作がちょっといやだったり恥ずかしかったり。ひょっとしたら匙にゴミがついているかもしれない。そのすべてが「冴え返る」につながってくる。いちど暖かさを覚えた身体にもう一度襲ってくる寒さ。いちだんと厳しく感じられる。季語＝冴え返る（春）

26日

雪今日も白魚を買ひ目の多し

『雉子』

白魚の目は黒い点のようでよく目立つ。何日か続けて雪のちらつく一日、お惣菜にしようと白魚を買い、よく見ると目がたくさん。当たり前のことを当たり前に詠んでいるのだが、「目の多し」が白魚を見た実感としてよく分かる。「雪今日も」のざっくりとした置き方はなかなかできない。雪という季語を避けることなく、白魚を食べる頃の天候をまっすぐ伝える。季語＝白魚（春）

27日

早春の寺山吹の茎もつれ

『仗藝天』

早春の山吹。まだ花はついていないのかもしれない。ほっそりとした茎はすでに伸びて、風にもつれあっている。寺だから、他の草木もさまざま植えられているだろう。遅い椿や、まだ枝ばかりの花木、いろいろな木の芽。その中で山吹の淡い緑の茎がかたまりのようになって目立っている。さみどりの茎の色が春に似つかわしい。「もつれ」からその柔らかさが分かる。

季語＝早春（春）

28日

ひとところ激ちて白し雪解川

『存問』

雪解け水で嵩を増して川が流れている。水面は高く、流れも速い。ほぼ滑らかに流れている川面だが、ひとところが激しく渦巻き、泡立ち、白く波立っている。流れの加減か川底の地形の影響か。その荒々しいひとところのために、水の勢いがいっそう身に迫ってくる。雪解川全体でも音を立てているが、その中にひとところ白く濁る水が沸きかえる音も聞こえる。季語＝雪解川（春）

三月

1日

雪解川烏賊《いか》を喰ふとき目にあふれ

『和語』

「金沢」と前書がある。犀川を臨む一室で、烏賊料理を食べたのかもしれない。烏賊を食べるとき、窓の外に見えている雪解けの頃の川の水が膨れ上がって見え、水の音も意識されたのだろう。「目にあふれ」に力がある。なぜ烏賊なのか確たる理由はなく、事実そのままなのだと思う。海や川の魚でも蟹でも合わない。普段の肉では場違い。猪だとわざとらしい。季語＝雪解川（春）

2日

黄の蝶々干しぜんまいにまた来たる

『天然の風』

このぜんまいは山で採ってきてすぐにその辺りに干してあるものだろう。ただしこの句の季語は蝶々。蝶が一句の主語であり、ぜんまいはその背景をなしている。まだ緑色の残るぜんまいが、茣蓙か何かの上に広げられ、日なたくさい香りを立てている。そこに黄色い蝶がやってきた。離れて行ったと思ったら、しばらくしてもう一度。農家の春の庭先を思わせる。

季語＝蝶々（春）

3日

ひし餅のひし形は誰が思ひなる

『桃は八重』

ひし餅のひし形という形に着目。思えば不自然な形だ。たいていの餅は丸めるか、伸して長方形に切るかだろう。あえてひし形を選んだ人がいつの時代にか、いたのだ。でも民俗学やら考証やらはここではお呼びでない。あの形は誰かの「思ひ」だと作者は言う。ふわっと着地点をずらされたような感じだが、「思ひ」という言葉に妙に納得させられた気になる。季語＝ひし餅（春）

4日

雛流し沖に白波立つが見ゆ

『天然の風』

思いを込めて雛を流す。頼りない藁や木の舟に乗せられて、雛が沖へ向かっていく。優雅なような淋しいような行事だ。浜辺にはにぎやかに着飾った人々がおり、雛の向かう沖には白波が立っている。明るい光景だが、白波は華やぎとともに一抹の不安を感じさせる。「立つてをり」ではなく「立つが見ゆ」。先々を見通す意志を感じさせて、一句がひきしまるようだ。

季語＝雛流し（春）

5日

ふだん着でふだんの心桃の花

『桃は八重』

飾らないこと、ふだん着であることに細見綾子は高い価値を置いていたようだ。桃の花も派手な花ではない。温かみのある素朴な花だ。ふだん着を身に付け、ふだんの落ち着いた心で、てきぱきと仕事をこなしていく。そんな穏やかな日常にふさわしく桃の花が咲いている。この暮しが懐かしく望ましいと感じる自分に自信を持っている。ふだん着はきっと木綿縞。季語＝桃の花（春）

6日

雨雫ぼと〳〵落す桃の花

『虹立つ』

「ぼとぼと」という擬態語のあか抜けない響きがこの句の魅力になっている。桃の花は梅や桜に比べると花びらが分厚く、花がくっつきあって咲き、どことなく花姿がもたもたしている。そのぼってりした花から雨雫が落ちる。決して「はらはら」という風情ではない。「ぼとぼと」と大粒の雫が落ちるに違いない。繊細ではないところが桃の花の魅力なのだ。季語＝桃の花（春）

7日

今立ちしばかりの虹に春田打つ

『曼陀羅』

雨が上がったところだろうか。さっと虹が立ったかと思うと、もう田を打っている人の姿が見えた。通り雨のような春雨では、田打ちを延ばすほど土が濡れなかったのだろう。空気ももう暖かい。働き者はじっとしていられないのだ。空にくっきりと虹がかかる広い田んぼ。フランスの画家ミレーの「春」の、虹が掛かる田園の絵のような風景を思い浮かべた。季語＝春田打つ（春）

8日

本を見て作る料理や花辛夷

『存問』

親がしているのを見て覚えた料理がある。作り方を読んで、もうすっかり身についた料理がある。そしてこの句のように、本を見ながら作る料理もある。いつもと違う材料の、凝った料理かもしれない。本の通りに調味料をきちんと計り、火加減に気を付ける。ちょっとした緊張感と期待がある。辛夷の咲く肌寒いころ、新しい料理に時間をかけて取り組む幸せ。季語＝花辛夷（春）

9日

旅の荷のふゆるばかりや鳥雲に

『存問』

旅行の準備をしていると、あれもこれもと思いついて荷物が増えていく。念のためにとか、あると便利だとか、人を喜ばせたいとか、考えると切りがない。女性に多いタイプかもしれない。でも旅を前に心は躍っている。空を仰ぐと北へ帰る鳥の群れが雲に紛れていく。本格的な春が近く、旅立ちの時なのだ。身一つで渡る鳥に比べてわが身は……という思いもあるか。

季語＝鳥雲に（春）

10日

蕗の薹見つけし今日はこれでよし

『存問』

蕗の薹を見つけた。今日の仕事はこれでいいとしよう。日々の仕事は繰り返しに似て、終りがない。自分で切りをつけたところが終りだ。春の兆しそのもののような蕗の薹を見つけたなら、一日分の仕事に値する。しかも食べられる。蕗味噌にしようか。刻んで汁の薬味に使おうか。天ぷらもいい。他のことは放っておいて、蕗の薹の料理に取り掛かりたくなる。季語＝蕗の薹（春）

11日

泥靴で歩きし一日蕗の薹

『伎藝天』

一日春の野を歩いた。春泥に靴はよごれ、疲れもあるだろう。でも一日を思い返すと、蕗の薹を見たことがまず思い出される。泥の中から顔を出し、開きかけた蕗の薹は鮮やかな黄緑色だ。歩きながら何度も見かけたのだろう。泥のついた靴に難儀をしながらも、蕗の薹を見ることができて嬉しい。泥靴と蕗の薹には自然な結びつきが感じられる。季語＝蕗の薹（春）

12日

蕗の薹喰べる空気を汚さずに

『和語』

蕗の薹を食べると心と身体が清らかになるような気がする。独特の苦みが寒さに弱った身体をしゃんとさせてくれる。アルカロイドやポリフェノールを含むといえばいかにも効き目がありそうだ。身体に良さそうな感じ、自然のものだから環境に負荷をかけない感じが、「空気を汚さずに」ということだろう。ぜいたくをしないで自然の恵みそのままをいただく。季語＝蕗の薹（春）

13日

母もせし金網で焼く蕗の薹

『伎藝天』

金網で蕗の薹を焼く。苦みが強そうだが、春をまるごといただくような心持ちがすることだろう。ゆでたりさらしたりしてアクを抜いてから料理するよりも、またいちだんと自然に近い料理法だ。しかも母もそうしていたという。細見綾子にとって、かつての故郷に近いもの、母の思い出につながるものはどれも素朴で、素直で、それゆえに価値のあるものだった。季語＝蕗の薹（春）

14日

女身仏に春剃落のつづきをり

『伎藝天』

たおやかな女身の仏像が、長い年月を経て目の前に立つ。時は春。お堂の外では万物が成長を始めているだろう。お堂の中でも時は進む。女身仏は優雅なまま静かに古びていく。奈良の秋篠寺の伎藝天を詠む。見ているうちに剃落したわけではないだろうが、奈良時代から今までの長い時間を思い浮かべるとき、剃落が今も続いていると感じられたのだろう。季語＝春（春）

15日

畦焼の香を伎藝天の膝下《しっか》まで

『伎藝天』

畦の枯草を焼き、越冬した昆虫を駆除する畦焼は、今はさまざまな事情で行われることが少ないらしい。この句では本堂の中まで畦焼の香りが漂ってきたと詠む。枯草の燃える少し焦げたような、こうばしいような香りだろう。本堂の外に広がる田んぼを想像させる。手の届きそうなところに仏像の立つ秋篠寺本堂の親しみやすい様子が、「膝下まで」にうかがわれる。

季語＝畦焼（春）

16日

すみれ植う父子や髪をふれ合はし

『和語』

父と子が一緒にすみれを植えている。髪が触れ合うほど頭を寄せ合っている。親子が一緒に何かをしている情景はそれだけでほほえましい。「髪をふれ合はし」という表現からは小さい子どもが想像される。大人同士で分業して手早く済ますのではなく、子どもが父のすることに夢中になって手元を覗き込んでいるのだ。父は作業を優しく説明しているかもしれない。

季語＝すみれ（春）

17日

彼岸婆手提の飴を分ち合ひ

『武蔵野歳時記』

彼岸会に参列する老女を彼岸婆と呼ぶ。年を取ってよく喉が渇くためか、飴を手提に入れて持ち歩き、自分が食べるときは必ず周りの人にも勧める。この句では、そういったおばさんが二、三人集まって、飴の交換が始まったのだろう。彼岸会も社交の場の一つで、おめかしをして集い、法会の合間にはたっぷりとおしゃべりを楽しんだと思われる。季語＝彼岸婆（春）

18日

菜の花がしあはせさうに黄色して

『桃は八重』

この句を読んでみれば、菜の花の黄色は本当に幸せそうに見える。混じりけのない、輝くような色だ。菜の花が黄色いのは当たり前なので、普通の俳人はわざわざ色を詠もうとはしないはずだ。細見綾子はそこを正面突破した。思い切り主観的な「しあはせさうに」が魅力だ。自分の感情を周りに投影する童女のような物言いが読者の心に訴える。真似は難しい。季語＝菜の花（春）

19日

大辛夷いまだ一花も傷つかず

『天然の風』

たくさんの花をつけた辛夷の大木がある。咲き初めたばかりでどの花を見ても、白くしなやかな花びらに傷一つない。辛夷の花びらは傷つきやすい。何かが当たったり、風に折れたりしてすぐに傷がつき、そこから茶色になる。輝くような白さはすぐに失われ、花びらは日に日に張りを失ってくる。でもこの句の一瞬は違う。咲き初めて全きままの花の姿を留める。季語＝辛夷（春）

20日

春水の鳴り流るるを子に跳ばす

『雉子』

音を立てて勢いよく流れる春の水。田に水を引く用水のようなところでも、透き通った水がたっぷりと流れ始める。そんな幅の狭い水を、子どもに飛び越えさせた。小さい子どもにとってはちょっとした冒険だ。ためらう子どもをそそのかして跳ばす。できたよ、と得意そうな顔が眼に浮かぶようだ。「鳴り流るる」が生き生きしている。季語＝春水（春）

21日

来てみればほゝけちらして猫柳

『桃は八重』

思い立って猫柳を見に行く。昔よく見た猫柳だ。いつもの様子を思い浮かべながら近づくと、今年は来るのが遅かった。殻がわずかに割れたところから、引きしまって小さな銀色の毛並みを見せているはずが、すっかりほおけている。だらしなく広がり、黄色い花粉をまぶし、場所によっては銀色の毛が抜け落ちている。ちょっと残念だが、こういうこともある。季語＝猫柳（春）

22日

春疾風がらんどうなる能舞台

『天然の風』

野外の能舞台だろう。春の疾風が吹き抜けていく。吹きさらしの黒ずんだ手摺や羽目板が見える。誰もいない能舞台はいかにもがらんどうだ。具体的に詠まれているものは風と能舞台だけ。それこそがらんどうの隙間だらけの言葉の構造から、読者はそれぞれ、思い出の中の神社の能舞台やそれを囲む春の情景を思い浮かべる。俳句ならではの表現だ。季語＝春疾風（春）

23日

朝降りて昼とけし雪沈丁花　『仗藝天』

朝は雪が降っていた。道や屋根が白くなるほどだったが、昼には解けてしまった。ここまでは冬のつもりで読んでくるが、下五は沈丁花。一気に春になる。降ったのは淡い春の雪だった。束の間に解けてしまったのもうなずける。沈丁花が咲くころになっても、雪がちらつき、積もることがある。形の上での季重なりに拘らず、目の前のものの姿をそのままに詠む。季語＝沈丁花（春）

24日

沈丁花コップにさすも新娶り　『存問』

沈丁花をコップに飾る。それも新婚にふさわしい。玄関や床の間の花器に花を生けるようなお屋敷には住んでいないのだ。狭い家でありあわせのものに花を飾って季節を楽しむ。二人で一緒に飾ったのか、日中に奥さんが花を挿し、旦那さんの帰りを待っているのか。どちらでもいいが、新婚らしい幸せな様子が伝わってくる。ままごとのような暮しが楽しい。季語＝沈丁花（春）

25日

能登けふは海の濁りの梨の花　『和語』

能登の海は美しい。濁るとしても、雪解け水が流れ込んでのことか。陸には白い梨の花が咲いている。「海の濁れる梨の花」とすればそのままの事実の描写だが、「海の濁りの梨の花」だ。海の濁りの色を映すような白さ。梨の花のあまり透明感のない白さに自然につながっていく。能登全体がきょうはぼんやりと、梨の花の白さに包まれているようだ。季語＝梨の花（春）

26日

春雷のたど〳〵として終りけり　『存問』

春の雷は大方は遠くで聞こえ、鳴る時間も短い。夏の雷のように豪快に鳴り渡ることは少なく、うっかりすると聞き逃す。まさに「たど〳〵」しい。春雷と気付いて耳をそばだてたが、すっきり聞き取れないままに音が止んだ。「終りけり」はなかなか言えない表現だと思う。春の雷の典型的なありようを、分かりやすく詠む。季語＝春雷（春）

27日

草の巣に子をおいて来て鳴く雉子か　『冬薔薇』

YouTubeにメスの雉が鳴く映像があった。母衣を打つという甲高いオスの声ではなく、小さな優しげな声を立てて、あたりをうかがっていた。子を呼んでいるようにも思われる。細見綾子は前年の夏に出産したばかり。子を置いて出かけることもあったのだろう。雉にわが身を重ねる。「おいて来し子ほどに遠き蟬のあり　中村汀女」という句もある。母は辛い。季語＝雉子（春）

28日

春の雪青菜をゆでてゐたる間も　『曼陀羅』

この句の春の雪は明るく、軽い。ちらちらと舞って、すぐに止みそうだ。青菜を洗っている間にお湯を沸かして、いったん沸騰すれば青菜をゆでるには一分もかからない。一気にすませる調理の間に、窓には降る雪が見えている。今この瞬間も淡い雪が降っている、と心に止まったのだろう。雪の白さ、お湯に放つ菜の青さがくっきりと読者の心に浮かぶ。季語＝春の雪（春）

29日

青草を焚火にかぶせ春疾風

『雉子』

庭の手入れの後だろうか。枯草や落葉を集めて焚火をする。風が強いのでよく燃える。目についた雑草もついでに取って焚火にかぶせた。青草は燃えにくいのでしばらくは灰や燃え殻が飛び上がるのを押さえてくれるだろう。やがては干からびて炎を上げ始める。暖かいが強い風の中で、青臭い匂いが広がる。春が深まってきている。**季語＝春疾風（春）**

30日

故里の人や汗して菜飯食ふ

『雉子』

故郷の人が目の前で菜飯を食べている。食べながら汗を浮かべている。菜飯もあつあつなのだろう。訪ねてきてくれたのか、仕事に来てくれたのか、いずれにせよ細見綾子の家でのことと思われる。故郷の人と思えば、汗をかきながら菜飯を食べるのも飾り気のない、好ましい仕草と感じられたのだろう。句集『雉子』出版の年に綾子は金沢から東京武蔵野に転居した。

季語＝菜飯（春）

31日

咲き充ちて桜下枝草に触れ

『伎藝天』

「咲き満ちてこぼるる花もなかりけり　高浜虚子」を思い合わせる。虚子の句は満開の桜の全き姿を見せる。この句の桜は満開でなくてもいい。一本の木がたっぷりと花を咲かせている。草に触れている下枝にもたくさんの花がつき、花の重さで枝が下がっていると思われるほどだ。そんな桜の咲きようを、飾りのない素直な言葉で表現している。季語＝桜（春）

四月

1日

花時を鳥が右往左往して

『虹立つ』

桜の咲くころ鳥が飛んでいる。花の梢のまさにその下を飛んでいても、いなくてもいい。桜が咲き、人が浮かれる時節に、あまり春の情趣に合うとは言い難い姿と色を持つ鳥が行ったり来たりしている。「右往左往して」という表現が、いかにも無様な飛びようを思わせる。秋ならば夕暮に似合うものを、淡い色合いの春の景色の中では黒く大きな姿が妙に滑稽だ。季語＝花時（春）

2日

谷へちる花のひとひらづつ夕日

『存問』

俳句で花といえば桜。谷にせり出すように咲いていた桜が散っていく。谷にこぼれる花びらの一つ一つに夕日が映える。美しい景色だ。春の夕日とはいえその色は赤いだろう。夕日が当たる角度になると、白っぽい花びらが赤く輝く。背景となる谷は暮れ方の薄闇に沈んで暗く、ひとひらひとひらの輝きを際立たせる。「ひとひらづつ夕日」が的確な表現。季語＝花（春）

3日

墓石に腰下ろし見る枝垂れ桜

『伎藝天』

丈の低い墓石に腰を下ろして枝垂れ桜を見る。きわめてシンプルな言葉づかいだが、読む人によって思い浮かべる情景はそれぞれ違うと思われる。墓石の大きさ、古さ、質感や、枝垂れ桜との距離は想像に任されている。私の想像では、すり減って文字が読めなくなった古い墓石に座り、少し離れた枝垂れ桜を見ている。名のある桜ではなく、たまたま出会った桜だ。

季語＝枝垂れ桜（春）

4日

しだれざくら山がかこめる空うすし

『存問』

枝垂れ桜の咲くころは春が深まり、空の色がぼんやりとしてくる。木々はまだ新緑の勢いはなく、山の面は茶色っぽい。枝先は芽が吹いて遠目にはけぶったように見えるだろう。枝垂れ桜が前面に見え、背景の山あいに空が見える。「空うすし」という表現がリアルだ。靄がかかったような空の様子や、まだ冷たい風を感じさせる。平仮名の多い表記も春らしい。季語＝しだれざくら（春）

5日

チューリップ喜びだけを持つてゐる

『桃は八重』

子どもが一番に描く花はチューリップではないだろうか。くっきりとした色合いやまっすぐに伸びた茎。単純化されたチューリップの図像が目に浮かぶ。この句のチューリップも輪郭のはっきりした、いかにもチューリップらしい花だろう。ためらいを感じさせない一様な色を持ち、光を浴びている。春の喜びの象徴のような花。主観を強く言い切った。季語＝チューリップ（春）

6日

菜畠の土春雨を吸ひ餘し

『桃は八重』

春雨だから、さほど勢いよく降っているはずはない。しかし菜畠の土は濡れて黒々と光り、その表に雨が溜っている。もう雨が浸み込まないほど水を含んでいるのだ。かなり複雑な状況を「吸ひ餘し」という言葉でコンパクトに伝える。菜畠を濡らして降り続く春の雨が想像される。土がたっぷりと雨を吸い、崩れるとそのまま春泥になりそうだ。季語＝春雨（春）

4月

7日

紅色につやゝかに蜘蛛の子がゐたり

『桃は八重』

蜘蛛の太鼓（卵嚢）から散って行った蜘蛛の子。その一匹が今目の前にいる。小さいながらちゃんと蜘蛛の形で、紅くつやつやとしている。私も紅い油滴のような蜘蛛の子を見たことがある。花の茎についていた。この句の蜘蛛の子にぴったりだ。「蜘蛛の子よ紅色にしてつややかに」としても意味は同じだろうが、「ゐたり」といえばその存在を発見した喜びがある。

季語＝蜘蛛の子（夏）

8日

はりぼての象真中に花御堂

『天然の風』

境内の真ん中にはりぼての白象が置かれている。本堂の前には花御堂がしつらえられている。よくある灌仏会の景色。目立つ真中に置かれているということは、これから子供たちが白象を曳いて行列するのかもしれない。お天気も良さそうだ。「はりぼての象」「真中」「花御堂」と単純に言葉を並べているだけのようだが、春の日差しの中の灌仏会が心に浮かぶ。**季語＝花御堂（春）**

9日

灌仏会ぬぎし草履はふところに　『伎藝天』

本堂に上がるために脱いだ草履をふところに入れる。参拝の人が多いので、置きっぱなしにすることができないのだろう。用意したビニール袋かなにかに入れて持ってあがる。どこか覚えのある何気ない動作を描き、履物を脱いでお寺に上がるときのふっと足元が頼りない感じや、すり減った木の階段の様子などを無理なく思い出させる。言葉の調子も良い。季語＝灌仏会（春）

10日

空き瓶の甘茶を帰路に少し飲む　『伎藝天』

灌仏会の甘茶を空き瓶にいただいて帰る。少し暑かったのだろうか、帰り道にその甘茶を飲んだ。ささやかな行動を単純に描くことによって、その日の天気や寺から自宅までの距離などを想像させる。「空き瓶」と言ったのは、持参の瓶ということだろうか。「帰路」という言葉を選んだのは文字数の都合かもしれないが、いくぶん響きが硬く、耳で聞くと解りにくい。

季語＝甘茶（春）

11日

遍路の荷とけばこぼれし桜えび

『存問』

遍路から帰って来た人の荷物を片付けていると、桜えびがこぼれた。お土産用の袋詰めの桜えびが旅の荷の中にこぼれていたのだろう。薄紅色がぱっと散った様子が目に浮かび、どこか楽しい。「夫、四国遍路より帰る二句」と前書がある。もう一句は「手甲脚絆洗ひて干すや木の芽風」。本格的な装束のようだから、荷物は遍路の身に付ける「さんや袋」かもしれない。季語＝遍路（春）

12日

ろばの荷のキャベツや蝶があと先に

『存問』

ろばの引く荷物は山盛りのキャベツ。後になったり先になったりして蝶が飛んでいる。畑から取ってきたそのままを運んでいるようだ。「中国旅行吟」と前書がある。同時期の作に「ろばがひく荷車キャベツ満載し」「ろばの荷やキャベツを落しつつ行くも」がある。珍しいような懐かしいような光景を写生する。中でも蝶の動きのある掲句が面白い。季語＝キャベツ（夏）

13日

漁夫の子の強き素足や松の蕊

『雉子』

白砂青松の浜辺だろう。漁夫の子が裸足で歩いている。砂に混じる小石を気にする様子はない。健やかな強さを感じさせる光景だ。いかにも漁夫の子と分かるほど日に焼け、ヤスか何か、魚を捕る道具を持っていたのだろう。浜辺の松は蕊を立てている。その伸びゆく勢いが、「強き素足」を持つ元気そうな子どもにふさわしい。季語＝松の蕊（春）

14日

屋根低く住みて海鳴り松の蕊

『雉子』

海に近い住居。風や砂をよけるためか屋根が低い。浜辺の松に遮られて、家から直接には海は見えないだろうが、海鳴りが絶えず聞こえてくる。それがこの土地の暮しだ。海の恵みを受けながら、海の脅威もまた常に身近にある。とはいえ時は春だ。松が蕊を立て、日の光は明るい。昔ながらの白砂青松のある暮しに春がやってきた。季語＝松の蕊（春）

15日

沖縄へ三日の旅の春日焼

『虹立つ』

沖縄へ三日間の旅をした。たった三日というのに日焼けをして帰って来た。楽しい旅と天気に恵まれていたことが思い出されるだろう。作者自身のこととして読んでもいいが、この句は「夫、沖縄行　五句」と前書のある句の一つだ。夫が三日間の旅から見事に日焼けして帰ってきたのだ。いろいろと土産話もあっただろう。「春の岬鳥打帽を飛ばしたる」も同時作。季語＝春（春）

16日

まんさくは煙りのごとし近かよりても

『曼陀羅』

まんさくの花は花びらが細く短く、遠くから見ると何となく黄色く霞んでいる。一輪一輪の花が際立って見えることはない。その花を「煙りのごとし」と詠んだ。糸くずのような花が頼りなく咲いている様子だろう。近くで見ても隙間だらけで、色も淡い。木全体を見ると、けぶったように黄色い光を発している。つぶやきがそのまま句になったようなリズム。季語＝まんさく（春）

17日

蕗の筋よくとれたれば素直になる　『和語』

長めに切り揃えて板ずりした蕗をたっぷりの湯で湯がく。すぐに水に取って、水の中で筋を取る。黒ずんだ外の皮がめくれていくと、中から透き通ったような緑色が現れる。すーっと薄くつながって取れた時は気持ちが良い。うまくいかないと薄緑の肉の部分も一緒に取れて表面がざらざらになる。爪は黒くなっていくが夢中になれる。それが素直ということか。季語＝蕗（夏）

18日

母の年越えて蕗煮るうすみどり　『和語』

父母が亡くなった年齢に自分がなったという句は、たぶん毎年たくさんの人が作る。やるせないような、新しい局面に踏み出すような感慨らしい。その感慨が前に出ると平凡な印象になる。この句は描かれた感情の淡さがちょうどいい。母の思い出の籠る蕗を煮るのだが、煮つめず、あっさりとうすみどりに仕上げる。母の享年は越えたが毎年のことを淡々とこなす。季語＝蕗（夏）

19日

春雷や胸の上なる夜の厚み

『冬薔薇』

深夜春雷に目覚める。春の雷は一度きりだったり間遠だったりすることが多い。確かに春雷で目を覚ましたはずだが、と思い、耳を澄ます。闇が深く、分厚く感じられる。「夜の厚み」とは闇の深さのことだろう。胸に覆いかぶさるような圧迫感もある。目を開けても、開けていなくても、からだ中に、とりわけ胸の上に夜の厚みが感じられる。遠くからまた雷の音。

季語＝春雷（春）

20日

春の雨瓦の布目ぬらし去る

『伎藝天』

柔らかな春の雨が、布目のついた瓦を濡らし、去っていく。ざらざらした、雨の滲みそうな瓦だ。奈良、平安時代の建物によく見られるという。つやつやした硬そうな瓦ではない。瓦だけでなく周りのすべてもしっとりと春の雨にうるおっているだろう。武蔵国分寺跡で作られた句。今は整備が進んでいるが、以前は遺跡に布目瓦が散らばっていたらしい。季語＝春の雨（春）

21日

犬ふぐり海辺で見れば海の色

『曼陀羅』

犬ふぐりの色を感じたままに言い切った。海辺で見た犬ふぐりはまさに海の色だったのだ。まるで子供の言葉だ。周りの大人が感心すると、「そう思ったからそう言ったの」と利発そうな少女は答えるだろう。細見綾子の句は童女のようだと言われることがあるが、この句にも当てはまる。感覚的に捉えた真実を堂々と表現して、読者をその世界に巻き込んでしまう。

季語＝犬ふぐり（春）

22日

春暁のうす紙ほどの寒さかな

『桃は八重』

ずいぶん暖かくなってきたとはいえ、朝早くには思いのほか気温が下がることもある。春の暁に目覚めて、ふっと寒さを感じた。一枚余分に羽織るほどではない。動いているうちに忘れるほどの寒さだ。「うす紙ほど」という比喩が絶妙。肌全体でうっすらと感じる寒さが言い表されている。春暁の明るさや、わずかに起きるのをためらう心持ちも感じられる。季語＝春暁（春）

23日

うぐひすが鳴くよと機を織りゐたり

『牡丹』

「母の忌日」と前書がある。亡くなったのは昭和四年、細見綾子二十二歳の四月二十三日。思い出の中の母の姿を詠む。綾子の好きな木綿縞を織りながら、鶯が鳴いた、と教えてくれる。機を織る手は休めないまま、娘に声を掛けるのだろう。季節を楽しみ、大切に受け止める人の暮しが思われる。「うぐひすが〜」の言葉はきっと丹波のなまりで語られたのだろう。

季語＝うぐひす（春）

24日

胸板を汗の流るるわかめ汁

『曼陀羅』

春とはいえ暑い日だったのだろう。汗ばんでいたところへ熱いわかめ汁を食べたものだから、胸板を汗が流れる。香りが良く、柔らかい新わかめの熱々のおつゆ。汗を気にしながらも食べ続ける様子がいかにもおいしそうだ。女性にも胸板という言葉を使ってもかまわないだろう。胸の真ん中を汗が伝う。「わかめ汁」が季題で春の句。汗は、春の汗である。季語＝わかめ汁（春）

25日

藤はさかり或る遠さより近よらず

『冬薔薇』

なぜ満開の藤の花に近寄らないのだろう。しかも「或る遠さより」と遠さが強調される。藤棚ならばすぐ下まで近づいて見上げたり、花房に触れたりもできるだろう。妙によそよそしいのは、なぜだろうか。美しい花ではあるが、近づけない。松井冬子の「世界中の子と友達になれる」という絵を連想する。その絵の中では、藤の花房の先が蜂になっている。季語＝藤（春）

26日

まぶた重き仏を見たり深き春

『冬薔薇』

法隆寺百済観音を詠む。春深い奈良を訪ねて、痩身の百済観音を仰いだ。黒ずみ、剝落も著しいが、お顔は穏やかに、見る者を伏し目がちに見下ろす。「まぶた重き」とは、半ばまどろんでいるかのようなその眼差しのことだろう。外は春たけなわの眩しさ。堂内は薄暗く、齢千年を越す仏像が鎮まる。「見たり」という言葉には「出会った」「見届けた」思いがある。

季語＝深き春（春）

27日

桜の実わが八十の手を染めし

『虹立つ』

よく熟れて赤黒い桜の実を拾った。つい拾いたくなる可愛さに手に取ってみたのだろう。指先が赤く染まる。子供の頃に拾ったのと同じような桜の実だが、赤く染まった手は昔とは違う。皺もしみも目立つ八十歳の手。毎年蕗の筋を取り、梅を漬けてきた働き者の手だ。桜の実もいとおしいが、作者にとって八十の手も負けないくらいいいとおしいのだと感じられる。季語＝桜の実（夏）

28日

茶山より竹山かけて雉子翔べり

『曼陀羅』

一山の面を埋めて、濃い緑色の茶の畝が並ぶ。隣山は竹やぶに覆われている。茶どころの低くなだらかな山の連なりだろう。茶山の方から竹山を越すようにして一羽の雉が飛んだ。「翔」という文字を使っているが、それほど高々と飛ぶ鳥とは思えない。雉と分かるほどの低さで、はたはたと羽ばたきながら、かなりの距離を飛んだのだろう。春の景色が広がる。季語＝雉子（春）

29日

薔薇植ゑし手足のよごれ四月尽

『和語』

薔薇の苗を植え付け、手も足もよごれてしまった。穴を掘ったり、元肥を混ぜたり、土をふるったり、なかなか時間のかかる作業なので、終われば一仕事したという思いがする。汗ばみ、身体も汚れ、季節が移っていることを実感する。俳句では旧暦の三月尽（弥生尽）と九月尽がそれぞれ春と秋の終りの感慨を表すとされるが、この句は新暦の四月の終りの感覚だろう。季語＝四月尽（春）

30日

草ひきし泥手のままの四月尽

『曼陀羅』

今日の庭での作業は草取り。四月の終わる頃は、作者にとって庭仕事をどんどん片付けていく季節だったのだろう。春の花の後始末をしてから、夏の花を植え付ける。そしていよいよ草取りの時期が始まる。まだ本格的には生えてこないだろうが、油断はできない。目につく草を一心に引いて、手は泥だらけだ。泥の匂い、泥の手が作者にとっての四月尽なのだ。季語＝四月尽（春）

五月

1日

つばめ〳〵泥が好きなる燕かな

『桃は八重』

泥をくわえては飛んでゆく燕。巣作りに励んでいるわけだろうが、泥が好きだと作者は感じ取った。「つばめ」の繰り返しは、燕の飛び違うさまを見る喜びを表しているのだろう。燕の姿が翻るたびに「つばめ！」と声を立てずにはいられない。弾む心のままに、声を重ねたような句の作りに勢いがある。親しみやすい言葉づかいなので、すぐに覚えてしまえる。季語＝燕（春）

2日

わが庭のどこかにひそむ黒揚羽

『伎藝天』

黒揚羽が庭のどこかにいるはずだ。さっきちらりとその姿を見た。飛んでいってしまってはいない。草木の蔭からまた姿を現わすのではないかと、なんとなく気になる。黒揚羽のような大型の蝶は近頃の歳時記では夏の部に分類されている。確かに春の訪れを告げる蝶ではないが、飛ぶのが心待ちにされるこの句の黒揚羽は、揚羽が出始めた晩春の庭にふさわしい。季語＝黒揚羽（春）

5月

3日

五月の海底のみどりを巻き返す

『伎藝天』

五月の海。良く晴れた空を映して青々としているのに、うねりは激しいのだろう。海底の泥を波が巻き上げている様子が、海の上からも見えている。実際に見ると黒っぽいのではないかと思われるが、この句では「底のみどり」と詠まれている。青い海の奥で激しく動いている緑色のかたまりを思えば、力強い夏の訪れが際立って感じられる。季語＝五月（夏）

4日

君がため五月を薔薇の咲きこぞる

『桃は八重』

「五月」と「薔薇」の両方がこの句には欠かせない。「君がため薔薇の咲きこぞる」では平凡で、甘いだけだ。聖母月である五月に、聖母のごとき君のために薔薇は咲く。「五月を」という言葉も凝っている。「五月という美しい月を君のために費やして」というニュアンスを含んでいるだろう。大胆にして「君」への賛美にあふれた句であると読んだ。季語＝薔薇、五月（夏）

5日

あやめ見にゆくと女等裾つらね

『雉子』

女ばかり大勢であやめを見にゆく。皆着物を着ている。背の高さはいろいろでも、着物の場合は裾の高さが揃う。裾を連ねていそいそと出かけていくのだ。お洒落をして、にぎやかにおしゃべりをしているだろう。歩けばちらちらと長襦袢の裾も見えるかもしれない。「裾つらね」という言葉からさまざまに想像が広がる。季語＝あやめ（夏）

6日

葉桜の下帰り来て魚に塩

『雉子』

つい先日までは花を愛でていたと思い出しながら、葉桜の下を通る。葉桜は柔らかそうな緑が美しい。気持ちよく帰宅して、一番にご飯の段取りをする。気温が高くなってきているから、塩はすこしきつめに、かつ早めに振っておくのだろう。外で美しいものを見たことと帰って家事を順調にこなすこととが、何の屈託もなく気持ちよくつながっていく。季語＝葉桜（夏）

5月

7日

雪嶺のうつる田植をしてゐたり

『天然の風』

雪をいただいた山が、田植をしている田の水に映っている。歳時記を型どおりに当てはめれば雪嶺は冬の季語になるが、初夏に雪嶺が見える地域も日本には多い。いとけない早苗がいく筋も並んだ田の面に、白い峰が映っているひろびろとした景色は魅力的だ。早乙女たちも時折は顔を上げて、雪嶺を見上げるのではないだろうか。季語＝田植（夏）

8日

植田水に空を残して帰りゆく

『伎藝天』

田植がすっかり終わって静まった田んぼ。人が作業をしに入っていたときは濁りもしただろうが、今は清らかな水に早苗が並び、大空が映っている。美しい植田となったところで、道具を片付けて人々が帰っていく。残されたものは植田に映る空。すっかり日の暮れが遅くなった頃だから、まだ明るい、青い空が映っているはずだ。季語＝植田（夏）

9日

胸うすき日本の女菖蒲見に

『和語』

着物が似合うのは、なだらかな筒型の体形らしい。豊かなバストも引き締まったウエストも着物にとっては皺や着くずれのもと。スタイルの良い現代の女性はさらしやタオルで補正して着物を身に付ける。「胸うすき」は伝統的な日本の女性の体形なのだ。着物を美しく着こなして花菖蒲を見に行く。菖蒲もきりりと直線的な立ち姿で、着物の女性を引き立てる。季語＝花菖蒲（夏）

10日

菖蒲どぶ一とまたぎして染物屋

『和語』

「どぶ」というと汚いイメージがあるが、この場合は雨水などを流す溝のことだ。菖蒲を植えてあるくらいだからそれなりに水もきれいなはずだ。店の前の溝を一またぎして染物屋に入る。あまり気取った店構えではない様子。「江戸小紋、小宮康助翁をたずねて」と前書がある。東京下町の人間国宝の店を訪ねた折の作品。現在も三代目がご活躍中だが店構えはない。季語＝菖蒲（夏）

11日

菖蒲田と植田と水を分ち合ふ　『存問』

一つの水路から菖蒲田へ行く水と植田へ行く水が分かれている情景とも読めるが、別の詠み方もある。今まで見てきた菖蒲園があり、そこを少し離れて植田を見たようにも想像されるのだ。「分ち合ふ」という言い方は、菖蒲田の水も植田の水ももとは一つであったことを、概念として述べているると感じられる。テーマは命の水を共有しているという感慨ではないか。

季語＝菖蒲田・植田（夏）

12日

そら豆はまことに青き味したり　『桃は八重』

そら豆を食べるたびにこの句を思い出す。単純な言葉で強く言い切って、しかも覚えやすい。鮮やかな青色にゆで上がったそら豆を口にすると、色そのものを味わっているように思われたのだ。この句のおかげでそら豆はいつも青い味がする。逆に、青い味とはそら豆の味のことと思われるようになった。季語＝そら豆（夏）

13日

子供等に砂はたのしき新樹の下

『冬薔薇』

砂遊びの嫌いな子供はあまりいないだろう。さらさらした手触りもいいし、濡らせばいろいろな形にできる。まさに「子供等に砂はたのし」い。カップと水と砂があれば当分遊べる。まして目にも快い新樹の下ならば、ちょうど良い日陰もできて、さぞ楽しい時間が過ごせるだろう。やわらかそうな緑の葉をたくさんつけた、ほっそりとした新樹が想像される。季語＝新樹（夏）

14日

牡丹七日中の三日は雨しとど

『曼陀羅』

牡丹が咲くのは関東地方では四月下旬から五月初めくらいだ。晴れればすがすがしい青空に恵まれるが、天気は変わりやすい。一つの牡丹が咲いて散るまでの七日間に、三日も雨が降った。雨に濡れた牡丹も風情はあるが、早く花が傷みそうだ。「ぼたんなのか」という字余りの上五が印象的だ。牡丹の花期は七日と言い切ってしまっている。季語＝牡丹（夏）

15日

牡丹にものいふごとき七日かな

『天然の風』

牡丹は細見綾子にとって七日間咲くものだったようだ。咲き初めてから七日間、毎日のようにその変化を見続ける。花びらが広がっていく。香りが闌けていく。花びらの色が少しずつ薄れていく。蕊が緩んで花粉がこぼれる。花びらが張りを失っていく。細やかに観察を続けて、牡丹に話しかけているような七日間だった。「ものいふごとき」とは思いを掛けること。

季語＝牡丹（夏）

16日

赤めだか針のごとき子生れたり

『曼陀羅』

童謡「春の小川」のイメージでは春のものだが、めだかは俳句では夏に飼って涼しげな様子を楽しむものだ。赤いめだかも観賞用に飼われる。小さな赤いめだかに、さらに小さい子が生まれた。よく見なければわからないような、針のような子。見たまま、感じたままに詠んで、イメージがはっきり浮かぶ。「生れたり」という下五が、見届けた嬉しさを伝える。季語＝めだか（夏）

17日

蕗の葉に蟻ゐることも子の歳月

『冬薔薇』

子ども（や俳人）は蟻を観察して飽きない。蕗の葉にいる蟻をただじっと眺めているのだろう。本人は覚えていなくても、その子の人生の中で、そんな無心な時間もかけがえのない歳月なのだ。相手の何でもない時間がそれほど愛おしいのは、その相手が大事な存在であるから。この句の「子」は『冬薔薇』出版の時二歳になっていた綾子自身の子に違いない。季語＝蟻（夏）

18日

雀等がぶら下るなり栗の花

『牡丹』

栗の花はいくつもの紐が垂れ下がったような花だ。薄黄色であまり目立たない。生臭いような香りで咲いていることに気付くこともあるし、落ちている花穂を見て咲いていたことに気付くこともある。だが、この句の栗の花はずいぶん目立っている。花に虫でもいるのか、ぶら下がるように雀が群がっている。賑やかな栗の花だ。季語＝栗の花（夏）

5月

19日

光りしは皿か五月の日ぐれとなる　『冬薔薇』

「中村草田男様を訪ふ　五句」のうち四句目。昼過ぎに訪問し、いつの間にか日暮れとなっていた。何か運んできた夫人の手元がきらりと光り、部屋の暗さに気付いた。話が弾んで時の立つのを忘れていたのだろう。光ったものは皿だったのか。思わぬ光に日暮れを感じた。前書と五句目の「夫人立つ野ばらの花のうしろなる」から、こんな情景を想像した。季語＝五月（夏）

20日

みちのく女背なの筍揺り上げて　『曼陀羅』

「みちのく女《め》」というと、実直そうな働き者を想像する。口数は少ないが、粘り強く、根は明るい。そんなみちのく女が背負子にいっぱいの筍を入れて里の道を歩いている。朝早くから筍の収穫をして帰るところだ。時折バランスを取るために、背中の籠を一揺らし揺すり上げる。具体的な動作ひとつから、籠に入れた筍の重さがよく分かる。季語＝筍（夏）

21日

白河を会津へ抜けて桐の花

『虹立つ』

白河から会津へ、は昔の街道を歩くと思ってもよいが、句のスピード感からすると国道を自動車で行くのかもしれない。次第に山がちになる道をたどって、会津盆地にたどり着けば、桐の花が咲いている。山国らしいきりりとした美しい花だ。空気が澄んだ会津の空に、薄紫の桐の花が映え、よい香りが漂ってくる。 季語＝桐の花（夏）

22日

桐の花空をさゝへてこゝ会津

『虹立つ』

空高く咲く桐の花。花が空を支えているという感覚は分かりにくい。紫色の花が空に溶け込んで、桐の木が空の支柱のように感じられるのか。空のために花があるように感じられるのか。第二句集『冬薔薇』にも「桐の花北国の空いつも支ふ」という句がある。会津という地名が入ると、桐が名産でもあり、盆地の空を支える感じがわかるような気がする。 季語＝桐の花（夏）

5月

23日

柿若葉まぶし金魚田過ぐあたり　『存問』

柿若葉の透き通るような緑色は美しい。金魚田の水にひらめく朱色や黒の金魚を見た後で、柿若葉を見かけた。青空の光を透かした緑はまぶしいほどだった。「目が洗われるような」あるいは「神々しい」「みずみずしい」などの説明はいらない。「まぶし」が一番適切に柿若葉の光を伝える。「金魚」は夏の季語だが、金魚田の近くの柿若葉という事実が詠みたかった。

季語＝柿若葉（夏）

24日

緑蔭におく冬帽の汗のあと　『雉子』

あまり身なりに構わない人。日差しの暑さに耐えかねて緑蔭に入り、帽子を取ってベンチに置いた。見れば生地の厚い冬帽子ではないか。汗のあとまでついている。よく我慢していたものだと少し可笑しい。自分のことも、他人のこととも取れる。句の表に現れるのは緑蔭と帽子だけ。「緑蔭」も「冬帽子」も「汗」も季語だが、状況を伝えるにはどれも必要。季語＝緑蔭（夏）

25日

今年竹弓のごときを雷雨打つ

『存問』

激しい雷雨だ。すらりと伸びた今年竹をたわめ、雨が降りそそぐ。まだ柔らかそうな今年竹だからこそ、弓のようにしなるのだろう。ただの雨でなく、雷の音も激しい。その音もまた今年竹を打っているかのように感じられる。シンプルだが、「弓のごとき」という比喩に力がある。季語＝今年竹（夏）

26日

万緑の目にしむ伊賀と思ひをり

『伎藝天』

「病気入院、『風』関西大会に打電」と前書がある。訪れるはずだった伊賀に思いをはせる。今は万緑に包まれてさぞ良い季節だろうと思う。待ってくれていた方たちへの挨拶だ。「訪ねることはできませんでしたが、伊賀の美しさを思っています」。淡々と詠んで、情がこもっている。残念とも申し訳ないとも言葉にはしないで、ただ「思ひをり」。心に響く。季語＝万緑（夏）

5月

27日

青梅の最も青き時の旅

『伎藝天』

今が青梅の最も青い時、とためらいなく言い切る。梅は大きく育って青さを極め、その後は薄く色づき、良い香りを放ち始めるのだろう。最も青い時という根拠は科学的にも経験的にも、たぶんない。旅をしている高揚感のゆえに、青梅が最も青梅らしい時であると感じられたのだろう。物の本質に近づいたと思う時が俳人の一番の幸せ。幸せな旅だったのだ。**季語＝青梅（夏）**

28日

青梅の落ちたる音のひろがらず

『冬薔薇』

目の前で青梅が落ちた。確かに何か音がしたのだが、鈍い音で一度きり。響くことも広がることもなかった。それもまた青梅らしいと思われる。土の上か、庭の敷石の上か、落葉の上か、道のアスファルトの上か。それぞれに想像される音は違うが、いずれもかすかな音だろう。触れれば固い青梅だが、優しい音を立てて落ち、そこにとどまった。**季語＝青梅（夏）**

29日

青梅を洗ひ上げたり何の安堵

『和語』

家族が一年食べる梅干を作る。昔の大家族なら数キロ、いやもっと漬けるだろうか。一つ一つ傷や虫食いを確認しながら洗うので、洗うだけでも結構な手間が掛かる。「洗ひ上げたり」という気持ちになるのも無理はない。産毛が水を弾いて光っている青梅の山を見ながら、ほっとする。「何の安堵」とは、するべきことをこなして、でも小さな安堵だとの謙遜か。季語＝青梅（夏）

30日

後宮の牡丹しやくやく散るところ

『存問』

「中国旅行吟」との前書がある。後宮の美女はもういない。美女のたとえに使われる牡丹もしゃくやくも、花の終りを迎えて散り始めている。後宮と牡丹しゃくやくでは、連想が近すぎるとも思われるが、近いがゆえに醸し出されるイメージは濃い。後宮の跡に牡丹としゃくやくが咲いているのを旅先で見て、その関係の近さに興じながら詠んだのだろう。季語＝牡丹、しやくやく（夏）

5月

31日

ねむりては覚めては麦の秋の汽車

『存問』

「中国旅行吟」との前書がある。汽車に乗って麦秋の中国大陸を進んでいく。うとうととして、目が覚めると、車窓にはさっきと同じような黄金色の麦畑が広がっている。何度か眠って覚めて、を繰り返したが、そのたびに見えるのは麦畑。どこまでも続く麦秋の中を旅しているのだ。これが大陸の広さというものだろう。季語＝麦の秋（夏）

六月

1日

螢火の明滅滅の深かりき

『曼陀羅』

蛍が明滅を繰り返す。発光の間隔は蛍の種類や地域によって違うらしいが、二秒から八秒ほど間を置いて光を放つそうだ。この句の明滅の間隔はどのくらいだったのだろう。光が消えている時間が長く感じられる。光の残像が消えてもまだ闇が続く。そして思い出したように光る。「発光」ではなく「明滅」と捉えた時、すでに心は闇の方に向かっていたと思う。季語＝螢（夏）

2日

螢とりし川の匂ひを忘れざる

『存問』

夏の夜の川の匂いだ。蒸し暑い六月の夜に蛍はよく飛ぶ。水の匂い、草の匂いが混じり合った匂いだろう。子供の頃の蛍狩りを思い出すとき、必ずその川の匂いがよみがえるのだ。「螢とりし川の匂ひ」という言葉によって読者の記憶も呼びさまされる。詠みたい内容はそこで終わっているのだが、ストレートな「忘れざる」を下五に持ってくるところが綾子流。季語＝螢（夏）

6月

3日

螢を揺らして見する人来るたび

『曼陀羅』

蛍が手元の籠にいることが嬉しく、人が来るたびに揺らして見せる。なんとなく得意そうで、子供のような喜び方だ。「螢籠昏ければ揺り炎えたたす」という橋本多佳子の句が、性急な激しさを感じさせ、情念の比喩として読まれることもあるのに比べると、この句の素朴な読みぶりが際立つ。何の比喩でもない。事実をそのままに詠んで、蛍を見る喜びが伝わる。季語＝螢（夏）

4日

祭すみ太鼓ころがしゆきにけり

『伎藝天』

祭が済んだ。さっきまで打ち鳴らしていた太鼓を転がしている。倉庫にしまうのだろうが、よほど大きいのか転がして運ぶのだ。ふと目についた点景を詠む。描かれているのは太鼓のことだけなのだが、てきぱきと片付け始める人々の様子が目に見える。まだ高揚している人々と帰りを急ぐ人々の入り乱れる、雑然とした祭の後の風景が想像される。季語＝祭（夏）

5日

えごの葉をきつちりたゝみ落し文

『虹立つ』

えごの葉で巻いた落し文。小さなえごの葉をさらに「きつちりたゝみ」小さな封筒のようになっている。「きつちり」がリアルで魅力的。落し文が見られるのは五～八月頃なので、五～六月に咲くえごの花も思い浮かべていいかもしれない。「オトシブミの観察記録」というブログの写真では、えごの花のすぐそばにエゴツルクビオトシブミのゆりかごが下がっていた。

季語＝落し文（夏）

6日

蚊出初め雅やかに一二匹ゐる

『桃は八重』

出始めの蚊の様子だ。出盛りの蚊に比べると弱々しく、人が近づいてもにわかには血を吸いに来ない。むしろ所在無げに羽音を立てているのだろう。「雅やかに」という言葉を蚊に使うのは滑稽なようだが、なんとなく頼りない蚊のはしりをうまく想像させる。「一二匹ゐる」という言い方はぶっきら棒で、却って観察の確かさを思わせる。上五は「かぁいでそめ」と読むのだろうか。

季語＝蚊（夏）

7日

夏草をちぎれば匂ふ生きに生きん

『冬薔薇』

取っても取っても勢いよく茂る夏草。その一枚をちぎると、思いのほか濃い匂いがした。青臭く、きつい匂いだったのだろう。草刈りをしているそばを通ると、かなり遠くからでもどくだみを始め、青草のちぎられた匂いが漂う。夏草をちぎった指先にも青い匂いが付いただろう。それを夏草の盛んな命の匂いと感じ、翻って自分の生命力をも掻き立てようとする。季語＝夏草（夏）

8日

六月や茶ぐろ抜け出し芋の蔓

『曼陀羅』

「茶ぐろ」とは茶畑のくろ（畦）のことだろう。六月、二番茶を摘む頃の茶畑に山芋の蔓が現れた。「抜け出し」という言葉は、どこからどこへ蔓が抜け出ているのか、位置関係が分かりにくいが、整然と並んだ茶の畝に登場した芋の蔓には野趣がある。（農家の方にとっては敵同然だろう。）五月の輝かしい新茶の畑ではなく、少し色の濃くなった六月の茶畑だ。季語＝六月（夏）

9日

旧街道田水を擦つて燕とぶ

『曼陀羅』

旧街道に沿った一面の水田。並木が残り、遠く一里塚も見えているかもしれない。ひろびろとした田んぼの水面を掠めるようにして、燕が飛び回る。下向きの放物線のような燕の飛跡が目に浮かぶ。「旧街道」という言葉が生きている句だと思う。古人が行き交った道筋を思う時間的な奥行きが加わって、一句の世界が広がる。**季語＝燕（夏）**

10日

朝霧の晴れて山見ゆ花うつぎ

『伎藝天』

さらりと読み飛ばしてしまいそうな句。よく見ると細心な言葉遣いから、すがすがしい情景が浮かんでくる。朝、いちめんの霧が晴れていくと新緑の山の姿が現れた。手前には花うつぎが咲いている。視界を遮る白い霧が後退して、少し遠くの緑滴る山に視線が向かい、また手前の白い花に戻ってくる。快い情景を快く伝えるという難事を何気なくやり遂げている。**季語＝花うつぎ（夏）**

6月

11日

雪渓を仰ぐ反り身に支へなし

『和語』

高い山に登り、雪渓を仰ぐ。まだかなり上の方に見えるのだろう。反り身になって雪渓に真向かう。涼しい風に吹かれながら、何にも支えられていないわが身を自覚する。いくぶん不安定な姿勢ながら、しゃんと身体ひとつで雪渓に対峙している自分が誇らしい。ありのままの自分が好きな細見綾子は、矜持の人でもあったのだろう。**季語＝雪渓（夏）**

12日

梅漬ける甲斐あることをするやうに

『冬薔薇』

「甲斐あることをするやうに」というのは、甲斐がないと言っているのと同じだ。それでも漬ける。「青梅を洗ひ上げたり何の安堵」は洗うだけでほっとしている。その後は下漬け。梅酢が上がっても、毎日チェックし、かびが出れば消毒する。本漬けから土用干までは少し手が離れるが、手間の掛かる食品だ。途中で、作る甲斐なんてないのに、と思うこともある。

季語＝梅漬ける（夏）

13日

実朝の墓で拾ひし竹の皮

『伎藝天』

実朝の墓とは寿福寺の供養塔のことだろう。やぐらの中に小さな五輪塔が立つ。そこで竹の皮を拾った。つくづくと眺める。そしてこの句が生まれた。事実そのままをぽんと投げ出しただけだ。「鎌倉右大臣実朝の忌なりけり　尾崎迷堂」という句がある。これも意味のあるようなないような句だ。若くして非業の死を遂げた実朝といえばそれだけで詩になるのか。季語＝竹の皮（夏）

14日

遠ち方は黒ずみゐたり青葉潮

『天然の風』

青葉の頃の海。明るい日差しを受けて眩しく、真っ青なイメージがある。しかしよく見れば、沖の方は色が濃く、むしろ黒ずんでいる。雲の影が映っているというよりも、紺青のきわまった暗さだろう。海の色が一様ではないことが胸に落ちる。青葉寒という季語も思い合わせて、青葉の頃のまだひんやりとした空気を感じる。季語＝青葉潮（夏）

6月

15日

夜学教師の黒く大きな梅雨の傘

『和語』

「夜学」という言葉から梅雨の夜を想像する。暗い空から落ちてくる雨に開く、黒く大きな傘。いろいろな事情を持つ生徒を指導する教師に似つかわしい、地味でしっかりとした傘が想像される。傘の大きさを感じるのは、畳んだ状態ではなく、開かれた状態だろう。仕事を終えて帰るところか。生徒たちも次々と傘を開き、挨拶をしながら帰っていくのかもしれない。

季語＝梅雨（夏）

16日

麥秋やほうれん草は木のやうに

『桃は八重』

麦が金色に実る頃ともなれば、ほうれん草には盛大に薹が立っているだろう。花の茎が高く伸び、その周りに葉が茂るほうれん草は木のように見えないこともない。大づかみな比喩を思い切りよく打ち出す。麦秋という季語との取り合わせも大胆だ。見たままを詠んだと作者は言うだろうが、素朴に見せるという効果を知った上での詠みぶりだろう。

季語＝麥秋（夏）

17日

麦束をかつぐ時乳をどりたり

『和語』

刈り取った麦の束を担ぎ上げるとき、豊かな胸乳が揺れ動いた。若い女だろう。力仕事をこなす健やかな肉体を思わせる。充実した肉体がそのまま豊作を表しているようだ。この句に続いて「麦秋や乳房欲る子を泣かせゐて」という句があるので、授乳期の母親らしい。張った乳房を躍らせながら、しっかりと実の入った麦の束を担ぎ、仕事を続ける。季語＝麦（夏）

18日

麦秋や乳房欲る子を泣かせゐて

『和語』

金色に実る麦畑が広がっている。乳飲み子を泣かせながら母は仕事から手が離せない。じりじりと暑さを感じる光景だが、豊かでもある。乳を求めて泣くのは生命力にあふれている証拠だ。子を畦に置いて麦を収穫している母と解するが、麦畑の見える家で家事をしている母と読むことも可能だ。麦秋を背景に、乳飲み子と若い母親のたくましさとせつなさを感じる。季語＝麦秋（夏）

19日

縄とびの縄の端《はし》持つ麦の秋

『和語』

長縄跳びをしている。順番に一人ずつ入っては出たり、大勢で一度に跳んだり、麦の秋の輝きの中で、子どもたちが遊んでいる。端を持って回すのは、地味だが大切な役割だ。力と技術もいる。年長の子が誇りを持って端を持つのだろうが、やはり自分も跳びたい。誰か代わってくれないかなとも思う。そんな子どもの心を思う。季語＝麦の秋（夏）

20日

麦刈りて墓の五六基あらはるる

『存問』

一面の麦畑と見えていたところに、刈取りが終わると墓がいくつか現われた。金色の穂波が消えた後の、おそらくは古い墓。麦秋の色のイメージがいったん現れて消え、墓が浮かび上がる。ぬっとそこにある感じだ。ありのままを詠む。「五六基」とは具体的だ。生きている時はこの麦畑に働き、亡くなってからは麦畑の中に眠る一族の墓だろう。季語＝麦刈る（夏）

21日

生家なる生れ生れの赤き蛇

『曼陀羅』

生家を訪れた時、生まれたての赤い蛇を見た。幼いころは赤いという、ジムグリという蛇かもしれない。生家に来ている喜びと、孵化したばかりの蛇を見たという思いが重なり合う。ふだん「生れ生れ」とは言わないと思うが、「とれとれの魚」と同じような口語表現だろう。勢いのある言葉遣いだ。お前もここで生まれたんだね、というような心持ちもあるだろう。

季語＝蛇（夏）

22日

うすものを着て雲の行くたのしさよ

『桃は八重』

夏の快さがストレートに伝わってくる。単衣からさらにうすものへと、いっそう涼しげになった着物を着こなす。青い空を白い雲が行く。身軽になった身体を、雲のように自由だと感じているのだろう。今どきの、キャミソールにショートパンツといった裸同然の恰好の方が実際には涼しいと思うが、うすものの手触りや見た目の涼しさはまた格別だ。季語＝うすもの（夏）

23日

天瓜粉の匂ひを散らす暗らき方

『桃は八重』

風呂上がりの体に天瓜粉をはたく。余分な粉が部屋の隅の暗い方に散ってきらきらする。匂いも一緒に散らしていると思う。夏の夜の何気ないひとこまだが、「暗らき方」という言葉がリアリティをもたらす。今では子どものあせも防止のためのベビーパウダーしかない。それも汗腺をふさぐといって使わない人が多いという。天瓜粉も昔の季語になっていく。季語＝天瓜粉（夏）

24日

雫する手のまま佇ちて梅雨夕焼

『雉子』

水仕事の途中だったが、あまりにも夕焼けがきれいだったので、手も拭かず水が垂れるままに立ち尽くした。梅雨の合間の夕焼けは赤さが際立ち、雲が多いせいか全天にわたるような気がする。夕焼けの時間は短いから、手を留めてそのまま見つめるのは自然だ。あえて言えば、梅雨夕焼が種明かしのように下五にくるのではなく、上五に置かれる形はなかったか。季語＝梅雨夕焼（夏）

25日

川に芥押し流れゐて梅雨の町

『冬薔薇』

梅雨で町なかの川の水かさが増している。水に浮くごみが堆くなりながらもどんどん流されていく。「押し流れ」が水の勢いを表す。普段は汚くとも穏やかな川だろうに、思わぬ激しさを見せているのか。美しさのかけらもない情景だが、梅雨時の川の様子を描いて迫力がある。何を象徴するのでもない、ありのままの光景をありのままに俳句は描ける。**季語＝梅雨（夏）**

26日

見覚えの帷子を着て来りける

『伎藝天』

どういう人が来たのかは何も言っていない。ただ見覚えのある帷子の着物を着てやってきたとだけ詠む。以前にその帷子を着ている時に会ったのだ。懐かしさと親しみを読み取ってもいい句だろう。「あ、あの時の着物」と思うだけでその人が身近に感じられる。覚えていました、と言うだけで心を込めた挨拶になる。**季語＝帷子（夏）**

6月

27日

雨の日を灯ともし色の枇杷貰ふ

『天然の風』

旧作に「雨の日やともしび色の枇杷貰ふ」（『存問』）がある。ともに、薄暗い雨の日に、いただいた枇杷の色を灯の色に見立てる。「雨の日」には「や」で切るほどの重さはない。「雨の日を」の曖昧さが良い。「雨の日を過ごす」という意味に「雨の日ながら」「雨の日なので」というニュアンスがかぶさる。「灯ともし色」は、灯をともす景を連想させる効果をも狙ったか。季語＝枇杷（夏）

28日

昼寝間にいでたる雲を見に出づる

『桃は八重』

昼寝の前は雲がなかったのに、起きると雲が広がっている様子。気になって外へ出た。のんびりした暮しぶりと思える。予後の日々かもしれない。子育ての途中にも、たまにはこんな日があるかもしれない。老後にもこういう日があるだろうか。俳句には何の説明もない。でも洗濯物を気にしてではなく、純粋に雲を見るために外へ出る日が、大人にもあっていい。季語＝昼寝（夏）

29日

柿の花蕗の葉に落つ蚕飼の家

『虹立つ』

柿の花がぽろぽろと落ちるのは蕗の葉（夏）の上。蚕飼（晩春）の農家の庭の片隅だ。大きな蕗の葉に、黄緑色の四角いような柿の花が小さな音を立てて落ちたり、そのまま載っていたりするのだろう。「蚕飼の家」という言葉からは昔ながらのお屋敷を想像する。見たままを描いたようなリアルさは、季語になり得る言葉を無造作に重ねたところから生じている。**季語＝柿の花（夏）**

30日

夏霧の在りどころなる友の墓

『曼陀羅』

夏の霧がわだかまるようにあるところ、そこが友の墓だ。標高の高いところにあるのだろうか。時ならぬ霧は、友が自分を迎えてくれているように感じられたに違いない。しっとりと身を包んでくれる。『曼陀羅』発刊の時、綾子は七十一歳。高齢ではないが、友を亡くすことが稀とは言えない年回りだ。墓参の折に死者を親しく感じることもあっただろう。**季語＝夏霧（夏）**

七月

1日

百里来し人の如くに清水見る

『桃は八重』

水の湧くところにたどりついた。清冽な清水を、まるで百里の道を越えてきた人のように、食い入るように見つめる。冷たさ、清らかさが慕わしく、目も心も引き付けられるのだろう。その心の状態を「百里来し人の如く」と喩えるのは直截とは言い難い。しかしいくぶん遠回しの比喩が心のゆとりのようにも思える。自らを詠んだと思えばユーモアも感じられる。季語＝清水（夏）

2日

キャスリン・バトル虹立つやうに唱ひたり

『虹立つ』

この句を雑誌で読んだ時の感激を今も覚えている。キャスリーン・バトルの美声を表すのに「虹立つやうに」という言葉。力強くはないが澄みきって、しなやかに続いていく声にふさわしい。弧を描いて空に広がっていく声が想像できる。虹という季語の使い方も新鮮に思われた。虹は夏の季語だがこの句の場合、季節感はない。ただし虹の立つイメージは鮮やかだ。

季語＝虹（夏）

7月

3日

空蟬を手提に拾ひ一人旅

『伎藝天』

空蟬をつい拾うことはある。手頃な大きさで、自然の造形の美しさが感じられる。普段ならば、いったんは手に取ってもそのままもとに戻して置くのだろう。今日は旅先なので、空蟬を手提に入れてしまった。一人旅の気安さからだろう。ゆっくりと宿で観察しなおすのだろうか。そんな理屈はなく、子どものように心弾むまま、空蟬を宝物のようにしまったのだ。季語＝空蟬（夏）

4日

遠雷のいとかすかなるたしかさよ

『冬薔薇』

遠くで雷が聞こえる。飛行機の音でも気のせいでもなく、ごくかすかではあるが確かに雷の音。夏の午後にはこういうことがある。「いとかすかなるたしかさよ」という言葉には、雷鳴を喜ぶ心持ちを感じる。小さな音でも雷鳴であることが頼もしいのだ。夕立の前触れかもしれない。涼しさや恵みの雨をもたらしてくれる雷を歓迎しているようだ。季語＝遠雷（夏）

5日

底かたき足袋はきたればやや涼し

『伎藝天』

暑くても、どうしても足袋を履かなければならないのだろう。履きなれて足の裏になじみ、べったりくっついてくるような足袋ではなく、まだ新しく底の固い足袋を履く。肌触りがいくぶんごわごわしているため、やや涼しさを感じる。着物をまとう時の涼しさというのは、このように繊細な感覚で受け止めるものだろう。**季語＝涼し（夏）**

6日

蟻強し陽も強し何の影もなし

『冬薔薇』

シュールレアリズムの絵を連想した。大きく描かれた蟻。白い砂地が眩しいほど日が照りつけている。ものの影はない。蟻だけのクローズアップだ。強い日差しの中で、蟻が黙々と動いている。「蟻強し」と感じ取った言葉をそのまま生かすため、さらに「陽も強し」「何の影もなし」と似た形で認識を重ねた。大胆な句の作りだ。言いたいことを言い切った迫力がある。

季語＝蟻（夏）

7月

7日

山蟻の土くれなどは軽く越ゆ

『冬薔薇』

かなり大きな、丈夫そうな蟻が進んでいく。少々の土くれなど気にも留めず、さっさと越えて行った。山蟻を見つけて観察していたのだろう。大きな土のかたまりを前にどうするかと思っていたら、何もなかったかのように前進。その力強さに心を動かされた。生き物のたくましさ、頼もしさに素直に感動し、そのままを表現できる。俳句の恩寵だと思う。季語＝山蟻（夏）

8日

ぴたぴたと鮎宿よりのゴム草履

『仗藝天』

「ぴたぴた」というありきたりの擬態語がはまっている。鮎宿で借りた安物のゴム草履というイメージだ。足の裏にくっついたり離れたりして歩きにくいのだが、ありあわせの気安さがある。見た目も涼しげだ。旅先の気軽な外出にはむしろふさわしい。この句はゴム草履をはいていること自体を面白がっているようだ。近くの河原へでも行くのだろうか。季語＝鮎宿（夏）

9日

鵜飼待つ日暮れの山に向き合ひて　『伎藝天』

川の岸辺で、鵜飼の始まりを待っている。だんだん暗くなってくる。川の向こうには山がそびえている。山肌はまだ夕日に照らされているかもしれない。その正面の山と自分とが向き合っていると感じた。鵜飼を待っている人は他にも大勢いるだろうが、山に対しては一対一と感じられたのではないだろうか。「向き合う」には二者相対するという語感がある。**季語＝鵜飼（夏）**

10日

干し鰤の一片を噛み暑に耐ふる　『存問』

細見綾子が長く暮した石川県では、保存食として、巻ぶりあるいはいなだという塩干しのぶりがある。薄く削って食べるらしい。鮭とばのようなものだろう。古くからの保存食だから相当塩辛いはず。暑くて頭がふらふらするようなとき、塩の利いた干し鰤を噛みしめ、元気を取り戻す。夏バテで落ちた食欲もいくぶん回復するだろう。綾子には夏痩せの句も多い。**季語＝暑（夏）**

11日

飯粒をつけし裸の子に青空　『雉子』

暑い夏を裸で過ごす幼子。縁側で昼ご飯を食べたのかもしれない。食べこぼしたご飯粒を付けたままだ。背後には青空が広がる。この句には、むちむちと太った色白の子が似合うと思う。平凡で、いかにも幸せな子どもの情景だ。よけいなことを描写せず、「子に青空」というぶっきら棒な下五で止めたのが、素朴な印象を与える。それでいて晴れ渡った夏空が見える。

季語＝裸（夏）

12日

鍋洗ふ女の一生《ひとよ》すだれ照る　『雉子』

女が眉根を寄せて鍋をごしごし洗っている。焦げ付いた鍋や脂がなかなか取れない鍋を洗うのは大変だ。青菜をさっとゆがくだけでも鍋は洗わなければならない。考えてみれば鍋を洗わない日なんて、旅行の時だけだ……というようなことを思わせる。すだれに日が照りつける暑いさなかに、焦げた鍋を洗うはめになったのかもしれない。季語＝すだれ（夏）

13日

思ひ〳〵に外を見てゐる夏座敷

『桃は八重』

気の置けない人たちが、座敷でのんびりと過ごしている。それぞれにくつろいで、好きなように外を見ている様子が涼しげだ。思い思いに眺められるほど、外の景色は広々としているのだろう。日本風の庭園でもいいし、農家の庭先でもいい。きっと青々と草木が茂り、花を咲かせている。そこから涼しい風が座敷を吹き抜ける。季語＝夏座敷（夏）

14日

人来ればともに見るなり合歓咲くと

『天然の風』

合歓が咲いているというだけで浮き浮きしている。自分一人でも見て楽しみ、おそらく俳句を作るのだ。人が来ればまた一緒に見て楽しみを分ち合いたい。目のご馳走だ。「螢を揺らして見する人来るたび」という句もある。美しいもの、面白いものは人に見せたくなる、生き生きとした作者の心。その行動をそのまま詠んで俳句になるのが作者の言葉の力。季語＝合歓咲く（夏）

15日

梅干して露台より星近きかな

『天然の風』

梅干も最終段階。梅雨明けの晴天続きの日に、三〜四日で干し上げる。露台とは普通はテラスやバルコニーのことで、涼み台として季語になっているが、この句の場合は昔あった物干し台を想像していいと思う。屋根の上の露台にざるの梅を並べて干し、夜に空模様を見に行く。梅の香りの中で、星が近く思われた。よく晴れ渡って干し上がりも近い。**季語＝梅干す（夏）**

16日

ひぐらしが鳴きかぶさりぬ蟻地獄

『曼陀羅』

しゃがんで蟻地獄を見ている頭上から、ひぐらしの声が降ってくる。ごく近いところから鳴く強い声ではないか。かぶさるように感じられる。乾ききった蟻地獄の巣に、押さえつけてくるようなひぐらしの声。夏の夕方の一場面が切り取られる。ひぐらしは秋の季語だが、現実には蟻地獄と隣り合って存在し、この句では後半に来る蟻地獄の映像が心に残る。**季語＝蟻地獄（夏）**

17日

蟻地獄にかがむ故郷の時間かな　『存問』

蟻地獄をかがんで観察する。故郷だからこそゆっくり見る時間を得られたのだが、蟻地獄と故郷との結びつきはそんな理屈ではないだろう。故郷だから虫を飽かず眺めていた子どもの心に戻れる。「丹波　蟻地獄を幼時くぼくぼさんと言ひし」という前書が『天然の風』の「句碑建つときまりしくぼくぼさんの宮」という句にある。蟻地獄は幼なじみの生き物だった。

季語＝蟻地獄（夏）

18日

水飲みに起きることなど明易し　『牡丹』

夏の夜は明けるのが早い。水を飲みに起きると、もう空が白んでいた。「など」という言葉に心のゆとりを感じる。寝苦しくて水を飲みに起き、もう朝なんだとがっかりした様子ではない。こんなこともありました、と面白がっているようだ。年を取ると眠りが浅くなり、夜に目が覚めることが多くなるという。それもまた一興。明易であることも一興。季語＝明易し（夏）

19日

土用入りはらわた苦き小魚食ぶ

『存問』

いよいよ土用に入った。ウナギならぬ小魚を食べて元気に過ごしたい、ということだろう。夏の盛りを迎えて、何かしゃんとするものを食べたいという時、細見綾子は「干し鰤の一片を嚙み暑に耐ふる」のように干鰤や、この句のように小魚を選んだのか。「はらわた苦き」がリアルで、夏バテに効き目がありそうだ。季語＝土用入り（夏）

20日

黒揚羽すもも祭を飛びまはる

『曼陀羅』

すもも祭りは東京都府中市の大國魂神社の祭り。境内にすもも市が立ち、お宮で黒いからす扇とからす団扇が頒布される。「すもも祭」という素朴な名前が良い。すももの甘い香りが漂う中を大勢の人が歩き、黒揚羽が祭の熱気にあおられたように飛び回る。見たままの光景か。黒揚羽も季語だが、時季を限定しているのは毎年七月二十日に行われるすもも祭。季語＝すもも祭（夏）

21日

乳貰ひ戻るや汗の目をつむり

『冬薔薇』

貰い乳から帰って来た我が子だろう。生まれて間もない赤ちゃんにとっては、乳を飲むのも結構な運動だ。しかも身体を密着させるのだから、汗もかき、すっかり疲れてしまう。小さな命が精いっぱい乳を飲んで、汗まみれになって目をつむっている。いとしさが募る姿だ。貰い乳のために離れていたが、帰ってくるとよけいに子どもの健やかさが嬉しい。季語＝汗（夏）

22日

昼顔が松の木登りつめて咲く

『牡丹』

夏の盛りには昼顔が勢いよく茂る。生垣の表を覆い、どこにでも蔓を伸ばしていく。花は優しげだが、たくましい植物だ。この句では松の木を登りつめた。人の手の行き届かなかったところだろう。松のてっぺんまで蔓を伸ばし、花をつけた。「登りつめて」が昼顔の勢いをストレートに伝える。

季語＝昼顔（夏）

23日

能登さざえ生きて届きし大暑かな　『虹立つ』

能登のさざえが生きたまま届いた。しっかりと蓋を閉じ、磯の香りもしているだろう。大暑ではあるが、新鮮なさざえが食べられる幸せ。歳時記ではさざえは春の季語とされているが、二〇一三年の能登のさざえはインターネットでは五月初めから八月初めまで販売されている。贈り物だったとしたら、この句は送ってくれた人への最高の挨拶だろう。季語＝大暑（夏）

24日

暑き故ものをきちんと並べをる　『冬薔薇』

暑いと動くのがいやになる。部屋の中を片付けるのもおっくうなのだが、散らかった部屋はますます暑く感じられる。決まったものを決まった所にきちんと並べて置く。それだけで、ものは多くても、涼しげな部屋になる。細見綾子はいつでも家をきちんと整えているイメージだ。暑ければよけいに心を込めて、あるべき場所にものを整えたのだろう。季語＝暑し（夏）

25日

山居して夕立雲がまた来たる

『伎藝天』

「奈良　右城暮石さん居」と前書。盟友の暮石を訪ねたその日、二度の夕立があったのか。次々と雲が湧くような山あいを思う。俗塵を離れ、夕立をゆったりと迎える暮しぶりが想像される。この頃の暮石は生駒山地寄りの奈良市三碓に住んでいた。この暮石居で山口誓子も「電線に襤褸君が住む冬山中」と詠んでいる。（『定本右城暮石全句集』）季語＝夕立雲（夏）

26日

滝の渦渦押してゆき青き淵

『雉子』

滝壺近くの渦を凝視している。渦が解けることなく次々と生まれ、先にできた渦を押していく。進む先は青い淵になっている。「渦（が）渦押してゆき」という言葉は単純で力強い。この言葉を知って滝を見ると、そう見える。「青き淵」という下五はざっくりしているようで、視線が滝から離れず、粘り強い写生になっている。季語＝滝（夏）

27日

桜の木わくらばは黄をあざやかに

『虹立つ』

夏の桜の木。鮮やかな黄色のわくらばがある。枝に残るわくらばではなく、桜の木の下で拾い上げた一枚のわくらばを想像する。あまりにも黄色いのでつい手に取ってみた。たぶん似たようなことは誰もがするのだが、直截に句に詠むのが難しい。巧んでしたこととは思えないが、「さくら」「わくらば」「あざやか」とア音が続く響きの明るさも魅力だ。季語＝わくらば（夏）

28日

暑さ来し影ちゞまりて夫行けり

『冬薔薇』

実体のあるもののように暑さが来た。短く濃い影を落として夫は炎天を行く。自分は日陰か家にいてそれを見ているように思われる。心配する気持ちや不憫に思う気持ちを表すと句が甘くなる。むしろ意地悪く突き放して詠むと、情景がはっきりする。「影ちゞまりて」が日の高さと日差しの強さをリアルに伝える。季語＝暑さ（夏）

29日

口づけて飲めるもありて苔清水

『存問』

苔に覆われた岩の上を清水が流れる。青々とした苔を伝う水はいかにも清らかで、同行の人の中には直接口を付けて飲む人もあった。報告のようでいて、清水の様子や気の置けない人たちとの遠出の場面であることが想像される。「口づけて〜ありて」と「て」を重ねた無造作な詠みぶりが却って自然な感じがする。季語＝苔清水（夏）

30日

東京に来て汗ばめる白絣

『伎藝天』

涼しげな白絣を着た人が東京に来て汗ばんでいる。自画像ではないような気がする。『伎藝天』出版の頃には、細見綾子は東京にもう長く住んでいた。地方から訪ねてきた人の姿だろう。はっきりとそう述べているわけではないが、東京という都会に白絣が汚れるようなイメージがある。季語＝白絣（夏）

31日

滝を見に下りゆく一歩づつ固め

『伎藝天』

滝音を聞きながら道を下りていく。足元が滑らないように気を付けて、慎重に、一歩ずつ進む。「一歩づつ固め」に実感がある。しっかりと足を踏まえてから次の一歩を踏み出すのだ。滝がもうすぐ間近に見られるという期待と、急な坂を下りていくスリルと、ともに存分に楽しんでいる。何でもない動作が何でもなく句になったように思われる。季語＝滝（夏）

八月

1日

夏痩せて井戸の底ひの水を飲む

『雉子』

夏は苦手だという心持ちを感じさせる。いろいろと涼しげに工夫して、元気が出るというものを食べても、暑いものは暑い。食欲が落ちて痩せてしまう。冷たい井戸の水、それもいちばん底から汲み上げた水ならば、喉を通るというのである。一つ前の句集『冬薔薇』には、「夏痩せて井戸水を汲み上げてのむ」という句がある。「底ひの水」の方が冷たそうだ。季語＝夏痩（夏）

2日

青嶺眉にある日少しの書を読めり

『和語』

「丹波の家にて」と前書がある。「青嶺眉にある」という表現は奇妙にも思われるが、青々とした夏山を身近に感じているのだろう。目の前よりももっと近く、眉の上あたりに心地よく青嶺を感じながら、本を読んで過ごす。「少し」がまた涼しげだ。気の向くままに読む本なのだろう。季語＝青嶺（夏）

8月

3日

石を照るごとく吾にも晩夏光

『冬薔薇』

晩夏の光が暑く、容赦なく照りつける。石は乾ききって、しろじろとその光を反射している。吾にも同じ強さで光は照る。当たり前のことなのに、吾と石とが妙に近づいて同質のもののように感じられてくる。分け隔てなく強い光にさらされて、動かない、動けない存在。晩夏光の中で、吾と石とは同列に並んでいる。**季語＝晩夏光（夏）**

4日

晩夏てふ言葉やるかたなかりけり

『存問』

言葉にまつわる思いだけを詠った。「ばんか」という言葉の硬い響きも、終っていく感じも、暑さに弱った身には辛く感じられる。その暑さがやるかたないのではないかと思う。この句には「西垣脩さん突如として長逝さる」という前書が付く。まずは人の命のはかなさがやるかたない。そして晩夏という言葉も、現実の晩夏も。**季語＝晩夏（夏）**

5日

茄子胡瓜打ち上げられし那須の簗

『仗藝天』

もちろん茄子も胡瓜も夏の季語。でもこの句の主役は簗だ。芭蕉が遊んだ那須の地の涼しげな簗に、茄子と胡瓜が打ち上げられている。人の暮しがすぐ近くにある川。那珂川沿いには今もたくさんの簗がある。なじみのある野菜が引っ掛かっているところが親しみやすい。**季語＝簗（夏）**

6日

吊り橋を揺らして渡る晩夏かな

『存問』

吊り橋の上はきっと川風が通り過ぎて涼しいだろう。渡るだけでも揺れるだろうが、わざわざ「揺らして渡る」と言うからには、いくぶん茶目っ気を起して、荒っぽく歩いたのではないか。スリルを楽しんでいる心持ちが感じられる。この句の晩夏は人を弱らせる酷暑ではなく、緑の色濃い山間の夏の終り。きっと朝夕は涼しいのだ。**季語＝晩夏（夏）**

7日

山国に来て二日目に秋立ちし

『曼陀羅』

丹波十七句のうちの一句。涼しい山国に来て、二日目に立秋を迎えた。朝夕の涼しさにほっとしたところで、もう秋となった、という喜びがあるのだろうか。句の調子は淡々としていて、事実を述べているだけのように見える。飾り気のない表現ではあるが、山国への親しい思いは、杉田久女の「紫陽花に秋冷いたる信濃かな」に近いように思われる。季語＝秋立つ（秋）

8日

みくまのの浦の浜木綿髪に挿し

『天然の風』

那智勝浦。船着場に浜木綿がたくさん咲いており、花を髪に挿して写真を撮った、と『武蔵野歳時記』にある。「みくまのの浦」という言葉の響きが優しい。花を摘んで髪に挿すのも古人に倣うようで、優雅に旅を楽しんでいる風情だ。「みくまの」という言葉は子どもの頃親しんだ御詠歌の一つにあったという。「補陀落や岸うつ波は三熊野の那智のお山にひびく滝つせ」季語＝浜木綿（夏）

9日

でで虫が桑で吹かるゝ秋の風

『桃は八重』

まだ葉をたくさんつけた桑の枝の上にかたつむりが見える。長くすっと伸びた桑の枝に吹きつけるのは秋の風。もちろんかたつむりも吹かれている。目には見えず、風の音にのみ秋が感じられる頃の句と読みたい。枯れ始めた桑ではなく、青々とした桑がでで虫にはふさわしい。丹波の高座神社に句碑が立つ。句碑の上によくかたつむりが乗せられているそうだ。季語＝秋の風（秋）

10日

桃買ひて丹波篠山行きの汽車

『曼陀羅』

途中で食べる桃を買って、丹波篠山行きの汽車に乗った。後は車中でのんびりと過ごすだけ。細見綾子の故郷と思えばなおさらその期待と安堵の気持ちが伝わって来る。故郷ということを考えなくても、栗や黒豆、小豆といった山の幸が名高い丹波篠山に行く嬉しさ、物を買って汽車に落ち着く楽しさが感じられる。まして匂いの良い旬の桃が手元にあれば。季語＝桃（秋）

8月

11日

仏見て失はぬ間に桃喰めり

『仗藝天』

仏像を見て、その姿が脳裏から消えないうちに桃を食べた。「失はぬ間に」という言葉には意志を感じる。忘れぬうちに桃を食べることによって、仏像のイメージを心に定着させようとしたのだろう。桃を食べたのは偶然だろうが、仏と桃の取り合せは面白い。湖北の十一面観音のような、桃のような頰をした仏さまだったのかもしれない。季語＝桃（秋）

12日

包みたる桃の匂ひの古新聞

『和語』

古新聞で包まれた桃。少し前までは当たり前だった。がさがさと新聞紙を剝がすと桃が現れるわけだが、俳人は新聞の方に目を留めた。皺だらけの古新聞に桃の匂いが移っている。ささやかな発見だ。「新聞紙」ではなく、「古新聞」という言葉を選んだのは、皺を伸ばして畳み、新聞の状態に戻っていたからかもしれない。季語＝桃（秋）

13日

花火見にゆく約束に念押さる

『和語』

たぶん約束の相手は子どもだろう。花火を見に行くんだよね、と何度も念を押される。大人を想定しても間違いではないのだろうが、行きたさのあまり念を押してしまうのは子どもにありがちなことだ。期待で胸がいっぱいになっている子どもの様子が、親にも嬉しい。季語＝花火（秋）

14日

墓参り戸棚の奥の下駄出して

『曼陀羅』

旧家の墓参りは、前もって清められた墓に一族打ち揃って詣でるのだろう。身なりもきちんと整え、めったに履かない下駄を奥から取り出して履く。かたちを整え、心を整えて墓参に臨むのだ。しきたりを守り、「戸棚の奥の下駄」を履くことを面白がっているような心持ちが感じられる。同じく『曼陀羅』に「墓参りのときのみに着る麻絣」という句もある。季語＝墓参り（秋）

15日

白木槿嬰児も空を見ることあり

『冬薔薇』

白い木槿の花が咲いている。嬰児は普段は泣いて、乳を飲んで眠るだけ。それが抱かれたまま空を見ている。笑うでもなく、泣くでもなく、じっと視線を動かさない。動くものや派手な色合いのものを見るなら分るが、空を見つめる赤ん坊はどこか神秘的だ。「赤ん坊」ではなく「嬰児」と言うと、子どもの月齢や、子どもを見る眼差しの冷静さが想像される。季語＝木槿（秋）

16日

花茣蓙を横抱きにして盆の町

『曼陀羅』

盆の支度の一つだろう。花茣蓙を買い、横抱きにして町を通っている。何気ないスケッチだが、「盆の町」という言葉から想像が広がる。町には草市も立っているかもしれない。掃除をしたり、買物をしたり、盆支度でいそがしそうな人の気配を、句の背景に読み取ってよいと思う。季語＝盆（秋）

17日

早く来てよき場所占むる施餓鬼婆々

『存問』

お施餓鬼の法会にやって来たおばあさんたち。お寺からの接待もあるのだろうか。早く来て前の方の良い場所を確保した。読経が始まるまでは仲間とにぎやかにおしゃべりをしていそうだ。ちゃっかりしているがどこか可愛げのある人物像が想像される。川端茅舎の「金輪際わりこむ婆や迎鐘」よりはずっと上品だ。季語＝施餓鬼（秋）

18日

瓜茄子上り框《かまち》に置きゆけり

『天然の風』

知人が畑で採れた瓜と茄子を持って来てくれた。家には上がらず、野菜だけを上り框に置いて帰っていった。気軽で温かい人間関係が思われる。「せっかくだから、上ってお茶でもいかが」「いえ、ちょっと近くを通っただけだから」そんな会話があったかもしれない。瓜と茄子というありふれた野菜が嬉しい。芭蕉の「秋涼し手ごとにむけや瓜茄子」の親しさ。季語＝瓜、茄子（夏）

8月

19日

小粒ぶだう一粒一粒がたのしいとは

『雉子』

子どもがデラウェアを食べているところだとしか思えない。薄赤い小さな粒を食べながら、一粒一粒にわくわくした表情を見せるのだろう。甘さやつるんと口に飛びこむ感覚を楽しんでいる。子どもはたいていデラウェアが好きだ。種も酸味もなく、食べるのが簡単だからだろう。大人には香りや渋みが足りないように思われるのだが。季語＝ぶだう（秋）

20日

法師蟬鳴くに旅より子が帰る

『伎藝天』

子どもが親と離れて旅をするようになった。大きくなっても我が子は我が子で、旅の間は心配だ。法師蟬が鳴くのは八月の終り頃、学生の夏休みも終る頃だ。夏を越え、旅をして、子どもは一段と成長して帰ってくるだろう。嬉しいことだが、女親には少し淋しくもある。季語＝法師蟬（秋）

21日

花火屑おしろい花に掃き寄せて

『存問』

花火屑を片付けるときに、おしろい花の方に掃き寄せた。事柄を淡々と詠むが、おしろい花が植えられた庭や、土に混じって掃かれる花火屑が目に浮かぶ。おしろい花は夕方に咲く。明るいうちに花火をして、まだ咲いているおしろい花の方へ花火屑を寄せたとも読めなくはないが、花火をした翌朝、しおれているおしろい花に掃き寄せたと解するのが自然だろう。季語＝花火屑（秋）

22日

ついて来るやうにも思ふとんぼかな

『桃は八重』

外を歩いている。とんぼがしきりに周りを飛んでいる。とんぼが一緒についてきているようにも思えた。ふとした感覚をそのまま描く。秋の野に湧くように飛ぶとんぼが見えて来る。ものさびしい秋の思いもほのかに感じられる。季語＝とんぼ（秋）

8月

23日

雲ふるるばかりの花野志賀の奥

『曼陀羅』

志賀高原。山肌から湧きあがる雲が、見渡す花野に触れんばかりに迫っている。ひろびろとした景色を描く。雲の大きさ、花野の広さが無理なく伝わって来る。「ふるるばかりの」雲の様子は一瞬のことと感じられる。今は日の当たっている花野に、雲はみるみる近づき、また去っていくのだろう。季語＝花野（秋）

24日

萩桔梗されど花野の女郎花

『天然の風』

ほとんど季語でできあがった俳句。でもこれが花野の現実と思わせる。萩の花、桔梗の花にまず目が向かい、花野にあることを楽しむ。とりわけ好ましいのは女郎花。女郎花がいちばん花野にふさわしく感じられたのだ。「されど」という一言に思いを籠めることができる。季語＝花野（秋）

25日

花野見に花野の上の空を見に　『牡丹』

花野を見にやってきた。花野は美しいが、花野の空もまた美しい。よく晴れた秋空だったのだろう。この空を見るためにもやってきたのだと思う。思わず口をついて出た言葉のような体裁を取る。茫然と花野の上の空に見とれているような姿が浮かぶ。季語＝花野（秋）

26日

もてなしの鯉洗ふ溝萩の川　『伎藝天』

客人のための鯉を清流で洗う。川の岸には溝萩が咲いている。溝萩といえば盆花のイメージが強いが、この句では盆とは無関係に、そのあたりに自然に咲いている花のように思われる。人をもてなす心に心地よく思いを致し、自然のままの清らかな川を思い浮かべれば良いと思う。季語＝溝萩（秋）

27日

葛の花松に登りて咲くもあり

『虹立つ』

どこへでも絡まって伸びていく葛。手入れの悪い庭なのか、山なのか、丈高い松に上って、赤紫色の花を垂らしている。見れば松ばかりではなく、あたりの他の木にも絡んであちこちに花を咲かせている。松のごつごつとした木肌や、針のような葉をものともせず伸びていく勢いを感じる。季語＝葛の花（秋）

28日

源流の蝗つまめば柔らかき

『存問』

蝗はどこでつまんでも柔らかいはずだが、この句ではことさらに源流の蝗という。山間の水が湧くところ、やがては大河となる源ならば、水は清らかで辺りも汚れなく感じられる。その地の蝗ならみずみずしく、より柔らかく思われるのか。季語＝蝗（秋）

29日

電線の雨のしづくの秋燕

『存問』

電線に雨の雫が見える。静かな雨上りにもう秋燕が飛んでいる。「〜の」のくり返しが、雫の連なるリズムのようだ。「電線の雨のしづく」までは当たり前の言葉の流れだが、そのすべてが秋燕にかかるのが理屈に合わない。普通なら「しづくや」とするところをあえて「しづくの」としたのは、「の」に続く言葉を探しながらも言いさして、一呼吸おく心持ちだろう。

季語＝秋燕（秋）

30日

山雨来て葛の花打ちはじめたり

『天然の風』

山の方から降ってくる雨が、葛の花を強く打ち始めた。何でもない景色をさらりと詠んでいる。山が近々と見える茂みだろう。それを覆う葛の花がよい香りを放っている。初めは静かに、やがて規則的に強く、雨が葛の花を打ち始める。そんな風情をさりげなく伝える。季語＝葛の花（秋）

31日

露けさの中の馬糞に黄蝶つく

『雉子』

普段の暮しの中ならば、馬糞は汚く、黄の蝶はきれいだ。でも露けさの中では、馬糞も蝶も同じような存在感をもってそこにある。ものみなしっとりと露を帯びる秋の日に、藁のかたまりのような馬糞に蝶が留まって動かない。きれいも汚いもない、世界のありのまま。虚子の「石ころも露けきものの一つかな」に倣えば、馬糞も黄蝶も露けきものの一つだ。季語＝露けさ（秋）

九月

1日

踊りの夜川に這ひでて葛の蔓

『曼陀羅』

富山県八尾の風の盆の句。町中では大勢の人が踊り、胡弓の音色が続いている。人ごみを離れて川のほとりへ出れば、土手から川原にかけて葛が広がっている。涼しい川風を受けて、葛の葉は翻り、蔓は生き物のように川面の方へ伸びているのだろう。「這ひでて」と擬人的に詠んだ。生々しさをねらったのだろうか。季語＝踊り、葛（秋）

2日

鐶鳴らし鳴らしたためり別れ蚊帳

『和語』

夏の間吊っていた蚊帳をいよいよしまう。大きな蚊帳をきちんとたたむのは、なかなか難しい。一人なら床に広げて、二人以上なら端を持ってもらって、部屋いっぱいを使って端を合わせていく。四隅に付いた鐶がかちゃかちゃと音を立てる。「鐶鳴らし鳴らし」というと遊びめいて感じられる。蚊帳をたたむことを楽しんでいるようだ。季語＝別れ蚊帳（秋）

3日

飛び石に広げて干せり別れ蚊帳

『虹立つ』

蚊帳をしまう前に庭に干したのだろう。物干しざおにたたんで掛けるのでは間に合わず、飛び石の上に広げた。却ってよく乾くかもしれない。人が通るような場所に蚊帳が広がっているのは、どうも妙だが、取り繕わない暮しの様子が想像される。蚊帳のない暮しが当たり前になってきているので、こんな風情も分かりにくい。季語＝別れ蚊帳（秋）

4日

家裏の栗落つ音の昔のまゝ

『虹立つ』

細見綾子の故郷丹波と言えば栗を思い浮かべる。家の裏の栗が、季節には音を立てて落ちるのだろう。久しぶりに訪れた家で、栗の落ちる音を聞いた。昔のままの音だ。「栗落つる音」ではなく「栗落つ音」といい、下五が字余りになっている。もっとなめらかな詠み方もできたはずだが、飾らない言葉づかいが故郷を思う心に似つかわしいと判断したのだろう。季語＝栗（秋）

5日

栗の落つ音に目覚むと便りあり

『存問』

故郷丹波からの手紙だとどうしても思ってしまう。作者の名を離れては鑑賞しにくい。かつて作者にも、家の周りの栗が落ちる音に目覚めたことがあったのだ。故郷からの懐かしい便りに、かつて自分も体験したことが書かれている。静かな田舎の夜に思いは帰っていく。季語＝栗（秋）

6日

蟬殻も共に落ち来し栗拾ひ

『虹立つ』

熟して落ちてきた栗。「共に落ち来し」とあるので、蟬の殻も何かの弾みで栗と一緒に落ちてきたのだろう。目の前で栗が地に落ち、少し遅れて小さな軽いものが落ちる。近づくと蟬の殻だった、というのは、よくありそうなことだ。生き生きした栗拾いの情景の一つ。季語＝栗拾ひ（秋）

9月

7日

栗食みて丹波の話少しして

『虹立つ』

栗を食べながらの話題として、丹波のことほど作者にとって自然なことはないだろう。すらりと句に詠んで、迷うところがない。それでいて「少し」なのだ。熱い思いでたっぷりと語るのではなく、当たり前のように話題に上り、話は長引かない。栗の落ちる音が家にいても聞こえたなど、ちょっとした思い出を語って話は終り。そして心が少し温かくなる。**季語＝栗（秋）**

8日

また今日も生きてゐるのか栗御飯

『牡丹』

身体の辛い日々が続いている。故郷を思わせる栗御飯を前に、気力を振り絞って、生きていることを自ら確認する。「また今日も生きてゐるのか」とはむき出しの言葉だ。苦しく、食欲もなく、まだ生きているのが不思議に思われる。でも目の前にあるのが栗御飯だというところに救いがある。

季語＝栗御飯（秋）

9日

稲刈りのべんたう寺にあづけおき

『曼陀羅』

一家総出の稲刈りなのだろう。弁当を寺に預けておいて、一斉に作業を進め、昼には一斉に休みを取り、寺で弁当を使わせてもらう。収穫も楽しみなら、弁当も楽しみだ。手入れの行き届いた広い寺で、親しいもの同士がお昼を食べるのだろう。季語＝稲刈り（秋）

10日

赤とんぼ牡丹に立てし竹の先

『牡丹』

赤とんぼが庭先の竹の棒に止まっている。見ればその竹は、初夏に牡丹のために立てた竹だった。茂っていた牡丹の葉には衰えが見え始めている。植え替えをするのでもなければ、秋に牡丹を意識することはあまりない。赤とんぼが止まったことによって牡丹のことを思い出した。季語＝赤とんぼ（秋）

11日

胡麻刈って干して生涯子なきひと

『雉子』

「伯母八十二にて逝く」と前書がある。本格的に栽培していたのか、自家用に栽培していたのかは判らないが、胡麻を刈って、干して、叩いて収穫して、というような作業を黙々と行なう働き者だったのだろう。子どもは授からなかった。具体的な動作と子がいなかったという二点を描いて、身近な人の姿を伝える。淡々と描いているが、どこか眼差しが温かい。季語＝胡麻刈る（秋）

12日

ぬかご飯二度炊きし二度味ちがふ

『虹立つ』

この秋、ぬかご飯を二度炊いた。一度目と二度目では味が違った。散文で説明するとあまりにも素っ気ない事実のようだが、「二度」の繰り返しが歯切れよく、複雑な内容が要領よく伝わる。さほど工夫の余地がない素朴な料理だが、ぬかごの味の違いや塩加減で味に差が出るのだろう。作者とともに読者もその事実を楽しめばいい。季語＝ぬかご飯（秋）

13日

どんぐりが一つ落ちたり一つの音

『天然の風』

どんぐりが一つ落ちた。聞きとどめたその一つきりの音。ぱらぱらと降るように落ちることもあるだろうが、この句では一つだけ落ちて、静寂が長い。落ちた、と思って耳を澄ますが、なかなか次は落ちないのだろう。さっき聞いた葎を打つ音、くぐる音をゆっくりと思い返し、味わう。それが「一つの音」。季語＝どんぐり（秋）

14日

秋遍路水うまさうにのみにけり

『天然の風』

遍路は朝早く歩き始め、夕方までに次の宿に入るという。一日三十キロ前後を歩くのだから、さぞ水がうまいことだろう。秋とはいえ暑い日もある。日に焼け、汗をかいた遍路がいかにもうまそうに水を飲んだ。見ている作者も身にしみわたるような水のうまさを感じた。秋遍路の本質を捉えていると思う。季語＝秋遍路（秋）

15日

蔓引けば顔に落ち来しむかごかな

『天然の風』

庭木などに絡むヤマイモの蔓を引きはがす。力はいるが結構気持ちよく剝がれる。でも、むかごが熟していると、顔めがけてむかごが飛んでくることもある。この句の通りだ。痛いほどではないが、うっとうしいし、落ちたむかごからまた芽が出て蔓が伸びてくるかと思うと良い気持ちはしない。秋の何気ないひとこまを描いてリアルだ。季語＝むかご（秋）

16日

星ひとつづつふえて故郷の秋夜かな

『天然の風』

故郷の開け放った座敷で夜空を見ている。星が一つずつ増えるとあるので、まだ暮れきらぬうちから空を眺め、次第に夜が更けていったのかもしれない。涼しい秋の風が吹いていることだろう。心からくつろげる場所で、星を見ている。静かに秋の夜が更けていく。季語＝秋夜（秋）

17日

十三夜その名やさしく夜更けたり

『存問』

十三夜という響きはなるほど穏やかだ。「お月さんいくつ」というわらべうたも思い出させる。それを「その名やさしく」とストレートに言いとめた人はいなかっただろう。やさしい名を持つ月の夜ももはや更けた。月は明るく空の高みにかかっているのだろう。季語＝十三夜（秋）

18日

門を出て五十歩月に近づけり

『牡丹』

月のきれいな夜に、家を出て月がよく見えるところまで歩く、というのは誰でもすることだろう。でも細見綾子はそれを月に近づくと言う。よく見えるように、ではなく、月に迫っていくように感じるのだ。しかも五十歩という距離感。「鶏頭を三尺離れもの思ふ」（『冬薔薇』）「西行庵十歩離れずよもぎ摘む」（『存問』）等と同じく、対象との距離を体感させる詠みぶりだ。季語＝月（秋）

9月

19日

名月に次第に空の青澄み来

『牡丹』

名月の浮かぶ空は晴れ渡って雲一つない。見つめていると、黒いと見えた空がやがて紺色にも、青色にも見えてくる。満月の光で撮った写真を見ると、確かに空は濃い青色に見える。月の出から次第に空の色が暗くなっていくところとも読めるが、中天の満月を眺めているうちに空が澄み渡って来るように見えた、その感じを詠ったのではないか。季語＝名月（秋）

20日

桑畑に出て十六夜の月を見し

『桃は八重』

桑の畑に出てみると、昨日より少し遅い時間に上った十六夜の月が見えた。近くの桑畑に出るというところが、穏やかな田園の暮しを思わせる。蚕の餌を採るための桑畑だろう。収穫しやすいように背丈ほどに剪定された桑の木が整然と並び、青い葉をまだ付けている。月を見る邪魔にはならない。

季語＝十六夜（秋）

21日

十六夜の月雲間出てまた雲間

『牡丹』

十六夜の月が雲間を離れ、姿を消したかと思うとまた別の雲間に現れる。雲の多い空の月をじっと見ている姿がそのまま伝わってくる。十六夜という言葉はためらう月というニュアンスがある。いさよふ月とは文字通りには山の端でためらっている月だが、この句のように雲の間に見え隠れしている月にもぴったりする言葉だ。季語＝十六夜（秋）

22日

萩咲きて愚かに昼を眠りたる

『伎藝天』

「愚かに」が厳しく、面白い。萩が咲く頃の気候はだいたい穏やかで、昼寝などしなくても気持ちよく立ち働けるのだ。それなのに愚かにも昼に眠ってしまった。自責の句と読んでいいだろう。夏バテの季節は終ったのに、と悔やんでいる作者の人柄が感じられる。季語＝萩（秋）

23日

当麻寺の塔の見えゐし柿を食む

『曼陀羅』

子規の「柿食へば鐘が鳴るなり法隆寺」が思い合わされる。同じ奈良の寺で柿も同じ。特に深い意味がなさそうなところも似ている。ただ綾子の句の方が微妙に女性的だ。当麻寺といえば中将姫の伝説を思い出す。「食ふ」ではなく「食む」であるところもその印象を深める。当麻寺の二字の塔を臨みながら柿を食べる。一句に含まれる時間は子規の句より長い。季語＝柿（秋）

24日

夕方は遠くの曼珠沙華が見ゆ

『冬薔薇』

近くの畦道や庭の隅に曼珠沙華が咲いている。昼忙しいうちはそちらに目を留めて、ああ咲いている、で済ます。夕方にふと隙間のような時を得て遠くに目をやると、広がる景色の中に、点々と、あるいは群がって曼珠沙華の花が見える。山の端や土手に赤い花が見えるのだろう。具体的な描写はないが、実感を描いて、秋の夕暮れの文学的伝統に連なる。季語＝曼珠沙華（秋）

25日

曼珠沙華おくれたる一本も咲く　　『伎藝天』

曼珠沙華はある日いっせいに咲くようだが、子細に見ればそれぞれに遅速はある。一叢の曼珠沙華が咲き出でた中に、一本の青いつぼみが混じっていた。なんとなく気になっていたが、時を置いてちゃんと花になった。本当にささやかなことを詠む。曼珠沙華を気に掛けていた時の長さと、自然の営みの確かさに触れた安心が伝わってくる。季語＝曼珠沙華（秋）

26日

寂光といふあらば見せよ曼珠沙華　　『桃は八重』

「法隆寺」との前書がある。命令形の口調が、細見綾子の句には珍しく、情念の深さを思わせる。血の色の曼珠沙華を見ながら、「安らかな真理の光、穏やかな叡智なるものがあるならば我に見せよ」と迫る。寂光などという境地は自分にはほど遠いと感じている作者の悲しみが、思わずあふれ出たようにも思われる。穏やかな世界へのあこがれもあろうか。季語＝曼珠沙華（秋）

27日

ふるさとのどの畦行かむ曼珠沙華

『虹立つ』

ふるさとのどの畦にも曼珠沙華が咲いているのだろう。どの畦も美しい。どこを歩こうかしら、と心が浮き立つ。刈田が一面に広がり、曼珠沙華が畦に沿って咲くひろびろとした景色が目に浮かぶ。ふるさとにあることの楽しさも伝わってくる。季語＝曼珠沙華（秋）

28日

朝寒くなりしよと粟を刈りに行く

『桃は八重』

子規の「毎年よ彼岸の入に寒いのは」という句は、子規の母の言葉がそのまま句になったという。綾子の句も、粟を刈りに出る身近な人の言葉そのままを取り込んでいるようだ。「朝は寒くなったね」と何気なく言葉を交して仕事に出かける。幸せの一つだ。粟を刈るのは根気のいる手仕事だが、それを黙々とこなしていく働き者なのだろう。季語＝朝寒（秋）

29日

鶏頭を三尺離れもの思ふ

『冬薔薇』

三尺は九十センチ強。近いような遠いような距離だ。すみずみまでよく見えるが、手を伸ばしても届かない。触れる気はないのだ。鶏頭の燃えるような色と独特の量感を意識しながら、もの思いにふける。慰められたいわけではない。ある距離を保ちながら、近くある鶏頭にどこか親しみを感じている。季語＝鶏頭（秋）

30日

見得るだけの鶏頭の紅うべなへり

『冬薔薇』

真っ赤な鶏頭がいちめんに咲いていたのだろうか。見られるだけ見てその紅さを堪能した。見尽くして、紅さこそが鶏頭の本質であり、鶏頭はこうでなくては、と納得したのだろう。満足感がある。鶏頭を詠むのではなく、自分の心を詠む。季語＝鶏頭（秋）

9月

十月

1日

鶏頭に夕日永しと思ふなり

『仗藝天』

鶏頭に夕日が当たっている。夕映えにもの皆赤く染まる時間は長くない。しかし鶏頭のあたりはいつまでもあかあかと夕日がたゆたっているようだ。秋の夕暮に鶏頭に見入っている作者を感じる。実際にはそれほど長い時間ではなくとも、感覚的には永遠のように永い。鶏頭に夕日の当たる光景を作者は何度も見ただろう。何百年も繰り返されてきた光景でもある。季語＝鶏頭（秋）

2日

思ひ出す事あるやうに鶏頭立つ

『桃は八重』

思い出すのは鶏頭か作者か。量感のある鶏頭が、何か思い出してふと立ち止まった人のように見えたのだろうか。鶏頭を人のように感じるのは不自然ではない。もう一つ、思い出を託したかのように懐かしく鶏頭があるという読み方もできる。沢木欣一出征送別会の折「記憶にも今日の秋空桐立たむ」という句がある。綾子は大切なことを季語と共に記憶した。季語＝鶏頭（秋）

10月

3日

そののちも鶏頭の花赤からん

『桃は八重』

「母を失ひし人に」と前書がある。母を亡くすのは、ただ悲しいだけでなく、拠り所を失うような侘しさも伴う。綾子自身も早くに母を亡くした。我がことに引き比べてそのつらさは十分に理解しながら、それでも言う。「その悲しみの後も、鶏頭の花は前と同じに赤いのですよ」と。素朴で、動物のような生命感のある鶏頭に、綾子も心慰められたことがあったのだ。季語＝鶏頭（秋）

4日

鶏頭の襞にこもれりわが時間

『牡丹』

毎年秋が来るたびに鶏頭の花を見てきた。つらい時も楽しい時もあった。鶏頭のひだの一つ一つにその記憶が畳み込まれているように感じられる。いや記憶というほどはっきりしたエピソードではないのだろう。何となく鶏頭を見ていた夕べや、遠くの鶏頭がよく見えたことなど、今まで鶏頭に心をかけた時間がそのまま、目の前の鶏頭のひだにこもっているようだ。季語＝鶏頭（秋）

5日

銀杏焼き皮散乱と寝てしまふ

『和語』

銀杏を焼き、殻を割り、薄皮を剝がす。殻は簡単にははずれないし、薄皮も剝がしにくい。すっかり疲れてしまい、片付けが中途半端になったのだろう。寝ていても白い殻や皮が散らかっていることが気になる。でもそれが銀杏らしいようにも思われる。作者自身が片づけを疎かにしたように読んだが、ひょっとしたら近しい誰かのことかもしれない。季語＝銀杏（秋）

6日

馬宿といふものぞきて秋の暮

『曼陀羅』

木曾路六句のうちの一句。中山道を行く旅人や、参勤交代の行列が馬の手配や手入れをした馬宿。見慣れない史跡をのぞいてみるのが旅先らしい。「馬宿を」ではなく、「馬宿といふ」ものも覗くのだから、そこで初めて説明を聞いていることや、他にも当地の史跡をいろいろ見ていることが分かる。古びた馬宿の跡に秋の暮が似つかわしい。季語＝秋の暮（秋）

7日

白萩の触るるたび散る待ちて散る

『和語』

白萩の盛り。手を伸べて枝に触れれば、そのたびにひらひらと散り落ちる。触れずに見て待っていても、やはり散る。どうでも散ってしまうほどに花が闌けているのだ。「触るるたび散る」「待ちて散る」と重ねて、散り急ぐような萩の風情を見せる。季語＝白萩（秋）

8日

能衣裳干されてありぬ昼の虫

『天然の風』

「相模大山」と前書がある。十月の初めに行われる大山火祭薪能の前後に詠まれた句だろう。きらびやかな能衣裳が干されている。舞台ではなく普通の座敷かどこかに広げられた能衣裳はいちだんと目を引く。能衣裳を子細に見ていると、昼の虫が鳴き始めた。秋の深まりを感じる。季語＝昼の虫（秋）

9日

夜は夜寒昼は萩の葉荒れそめて

『桃は八重』

急激に秋が深まり、夜の寒さが身に染みるようになった。昼は昼で、萩の葉が枯れ、乱れ始めている。「夜は〜昼は〜」と重ねて、歯切れの良いリズムが快い。秋の深まりを知的に描いている。季語＝夜寒（秋）

10日

いくたびも秋日のよさを言はれけり

『存問』

「金沢の母、八十九」と前書がある。老いた母が何度も何度も「秋の日の光は良いものだねえ」と繰り返す。朝晩の寒さが募ってくる頃には、秋日の暖かさがつくづく嬉しいのだろう。色合いも赤みがかって柔らかく、その明るさも嬉しい。「いくたびも」は心からの思いであることを表す。「言はれけり」という敬語からは母の上品な口調や物腰が想像される。季語＝秋日（秋）

11日

萩刈りてあたりにふゆる蜆蝶　『天然の風』

伸びすぎて衰えが見え始めた萩を刈った。どこかがらんとしたその刈り跡に、蜆蝶がいくつか飛んでいる。今までも萩の叢に紛れて飛んでいたのだろうが、背景を失ってその数が目立つ。蜆蝶の宿を奪ってしまったという思いは全くないだろう。庭がすっきりとして、そこにたくさんの蜆蝶が飛んでいる風景を描く。季語＝萩刈る（秋）

12日

萩刈りて焚火にかぶす長々と　『伎藝天』

萩を刈った後、長い枝をそのまま焚火にかぶせた。剪定のあとの枝葉や落葉を庭先や空き地で燃やすのは、少し前までは当たり前のことだった。萩の枝はしばらくいぶって、からからになった葉からちりちりと燃え始める。木の燃える香りが辺りに広がる。焚火は楽しい仕事の一つだった。この句はまだ火にかぶせたばかり。萩の枝の長さが目立つ。季語＝萩刈る（秋）

13日

豆はざを守りて鴉ほうと追ふ　『曼陀羅』

刈り取った豆をはざに掛けて干す。莢から落ちる豆もあるので、鴉が寄ってくるのだろう。そばについて鴉を追う。「豆稲架の日だまり婆々の居場所なる」「稲架の豆はじけ飛ぶ昼着ぶくれて」そしてこの句と三句続けて豆稲架の句が並んでいる。おばあさんが豆稲架の近くの日だまりに座って鳥を追う仕事をしているのだろう。「ほう」がおばあさんらしい。季語＝豆はざ（秋）

14日

豆稲架も鳥もぬれて能登路かな　『存問』

豆を掛けて乾かしている豆稲架も、豆をねらう鳥も、通り雨に濡れている。静かな田舎の景色だ。枯色の進んだ景色を雨が濡らしていく。海も山も近い能登半島を旅して見かけた、ひなびた情景。季語＝豆稲架（秋）

15日

うすもみぢ能登は入江のやさしさに

『存問』

山にはほのかに色づいた紅葉が見える。海側は穏やかな入江だ。入江は波も静かで、包み込むような優しさが感じられるのか。「うすもみぢ」「やさしさ」と柔らかい響きと意味を持つ言葉が美しい。平仮名の表記もその柔らかさを強調する。能登半島の秋の風情。季語＝うすもみぢ（秋）

16日

萩枯葉まとひてゐたり小蓑虫

『存問』

薄く軽い萩の枯葉をまとっている小さな蓑虫。丈夫そうな葉や木の皮をぬくぬくとまとったものも多いのに、よりによって頼りなさそうな萩の枯葉をまとい、しかも小さい。萩の葉の薄さが蓑虫にしては上品なようにも思える。ありのままを詠んで、鑑賞は読者にゆだねる。萩の枯葉と気付いて提示したところに魅力がある。季語＝蓑虫（秋）

17日

故里はとぎれとぎれの貝割菜

高野素十

『存問』

大根や蕪の双葉を貝割菜という。同じように蒔いた種でも芽生えが遅いものと早いものがある。早く出たものをつまみ菜として食べたのかもしれない。列が途切れている。ふるさとの大根畑にとぎれとぎれの貝割菜が続く。情景は「甘草の芽のとびとびのひとならび　高野素十」に似て、「故里」の人の匂いがする。季語＝貝割菜（秋）

18日

赤富士を蕎麦刈る人も立ちて見る

『伎藝天』

赤く染まった富士が美しい。蕎麦を刈っていた人も手を休め、立ち上がって富士を見る。想像では作れない句だ。収穫の進んだ蕎麦畑が広がり、遠くに富士が見える。季語の「赤富士」は夏の早朝に朝焼けを映す富士を言うが、蕎麦を刈る秋の情景にふさわしいのは、信州側から見た夕日に染まる富士だろう。赤富士には「太陽に赤く染まる富士」という意味もある。季語＝蕎麦刈る（秋）

19日

雨雫棗の實より透きて落つ

『桃は八重』

つやつやとした棗の実から雨の雫が垂れ、透き通って落ちた。ほんの小さな情景だが美しい。棗の実の色や周りの葉の色を帯びていた水が、雫がふくらむにつれレンズのように透き通って見える。ややあって落ちる。「透きて」は単純なようで細やかな描写だ。花梨や林檎では大きすぎる。小さな棗の実だから雫に視線が集中する。季語＝棗の實（秋）

20日

秋時雨昨日に似たる昼過ぎに

『桃は八重』

日常の暮しは日々似通っているように感じられる。ある程度決まった手順で仕事をこなし、同じような時間に休憩を取る。昼過ぎはほっとする時間だろう。昨日もこんな昼過ぎを迎えた。外は冷たい秋の時雨が降っている。変わらないことは安らかなようにも思われるが、少し淋しくもある。さっと降ってあがる秋時雨に冬の近さを感じる。季語＝秋時雨（秋）

21日

かりんの実しばらくかぎて手に返す　『冬薔薇』

「金沢にはかりんの木が多い。しぐれが来ると色がよくなるという。黄色の冴えた大きなかりんの実をポケットから出して見せてくれた。しばらくかいで又元の手に返す。」（『現代俳句全集四』自作ノート）結婚と同時に移り住んだ金沢での句。匂いをかいで返すような近しい間柄だと句だけで分かる。三十年後の自解にも、見せてくれたのが誰かは書かれていない。季語＝かりんの実（秋）

22日

渡り鳥見んとわらびの根に休む　『存問』

そろそろ鳥が渡る頃。ちょうど歩き疲れた頃でもあるのか、渡り鳥を見ようと、わらびの根方に腰を下ろして休む。秋のわらびは、しだそっくりのギザギザの葉を伸ばし、黄色に色づき始めているだろう。穏やかな自然の中でのんびり過ごす。満ち足りた思いが感じられる。季語＝渡り鳥（秋）

23日

雲割れて青空見えし秋しぐれ　『虹立つ』

ぱらぱらと秋しぐれが降り出した。空は明るく、見ていると雲が切れて青空がのぞいた。さっと降ってさっと上がるしぐれの空を描く。雲の切れ間の秋空はよく澄んでいただろう。同じく雲間の空を詠んだ「冬雲の割れて青空しばしあり」（『牡丹』）は、厚い雲が切れて見えた青空が、やがて見えなくなる様子。秋しぐれの空の方がずっと明るいようだ。季語＝秋しぐれ（秋）

24日

葛錆びて毛ばだちし豆こぞりつく　『存問』

葛の実を詠んだ句は珍しい。すっかり枯色になった葛に、平たい莢を持つ豆がこぞりついている。莢も枯れて黒っぽくなり、まわりのうぶげが目立っているのだろう。実際に葛の莢を見ると、俳句ではこれ以上正確に描写できないと思う。蔓の一か所に莢がかたまっている様子はまさに「こぞりつく」。季語＝葛（秋）

25日

おどろ出ておどろに入りし秋の蝶

『雉子』

秋の蝶の様子が目に浮かぶ。草木が雑然と生い茂り、枯れも始まってすさまじくなった藪から、蝶が出てくる。すぐまた藪に戻る。美しくもなんともないが、リアルな秋の情景だ。「おどろ」という言葉に心惹かれる。手入れされていない殺風景な藪が、にわかに古典の中の情景のように思えてくる。季語＝秋の蝶（秋）

26日

汝《な》が散らす松かさの中ねむりし父

『雉子』

子どもが松かさをたくさん拾ってきて、部屋の中にまき散らして遊んだのだろう。子どもはどんぐりや松かさを拾い集めるのが好きだ。父親も一緒に遊んだのかもしれない。松かさを散らかしたままの部屋で父親が眠っている。松かさは年中見られるので、できたての新松子の他は季語ではないが、散らかすほど拾えるのは秋だろう。無季

27日

記憶にも今日の秋空桐立たむ

『冬薔薇』

「十月下旬　沢木欣一氏出征のため寒雷送別会・水戸大洗に行く」と前書がある。これから生涯、何度も繰り返し思い出すだろうこの日の秋空。現実の秋空を見ながら、何年も先に思い出す秋空を先取りして思い浮かべる。そこには桐の木がすっくと立っているはずだ。句に描かれているのは目の前の秋空ではなく、むしろこの日の様子を覚えておこうという意志なのかもしれない。**季語＝秋空（秋）**

28日

雑茸と茄子煮て食ぶる秋の暮

『天然の風』

茸に茄子に秋の暮。句自体が季語のごった煮だが、句の中心は「秋の暮」。名も知らぬような地元の茸と、皮が固くなった秋茄子を煮て、夕方に食べる。これぞ「秋の暮」。物思いに沈む文学的な秋の暮ではなく、季節のものを素朴に味わう秋の暮だ。ありのままの強さがある。**季語＝秋の暮（秋）**

29日

じねんじよの恵那の小石をこぼしたり

『天然の風』

恵那の自然薯をいただいた。手に持つと小石が落ちた。ひげ根の中か、曲ったところや枝分かれしたところに引っ掛かっていたのだろう。自然薯も恵那のものだが、この小石も恵那のものと思う。他の年にも恵那の自然薯を詠んだ句があり、毎年のように送ってもらっていたようだ。自然の恵みを喜ぶ心持ちがあり、送り主へのさりげない挨拶句になっている。季語＝じねんじよ（秋）

30日

くゝりたる桑の裾吹く秋の風

『桃は八重』

葉が落ちた桑の木の枝を縄で括ってまとめるのが「桑括る」。歳時記によって晩秋の季語としている場合も、枯桑の傍題として冬の季語としている場合もある。この句は桑を括って間もないのだろう。四方八方に伸びていた枝がすっきりとまとめられ、その裾の方を秋の風が吹く。桑畑の風通しがにわかに良くなった。季語＝秋の風（秋）

31日

すすきの根摑み下りゆく紅葉谷

『伎藝天』

紅葉の谷に分け入る。足元が危ないのだろう。丈夫そうなすすきの根方を摑み、すがって下りていく。美しい紅葉を見るゆとりがあったのだろうか。いちめんの紅葉に包まれることを期待しながら下りたのか。作者自身のことしなくても、同行の人のこととして読んでもいいかもしれない。季語＝紅葉（秋）

十一月

1日

朝なれや谷対《むか》ひ合ふうす紅葉

『和語』

朝なので空気が澄み、谷をなす山肌の薄紅葉がくっきりと見える。まだ紅葉は始まったばかりだ。向かい合うように薄紅葉した谷の景色の美しさもさることながら、この句の魅力は言葉の響きの美しさにある。「朝なれや」と柔らかく始まり、「むかいあう」という音も優しく終わる。「うす」が平仮名であるのも柔らか味を添えるためだろう。季語＝うす紅葉（秋）

2日

紅葉焚けば煙這ひゆく水の上

『冬薔薇』

「大阪箕面」と前書がある。いちめんの紅葉の中の清流を思い浮かべる。川沿いで紅葉を焚けば、その煙が水の上に出て広がっていく。紅葉を焚く煙のことだけを詠んで、あたりの紅葉の様子や水の流れを想像させる。「這ひゆく」が、煙の低く広がるさまをリアルに伝える。季語＝紅葉（秋）

11月

3日

散り紅葉早や燃やしゐる煙かな

『天然の風』

紅葉が散っているのは風情があるものだが、さっさと片付けなければいけない時もある。さきほど見かけた散り紅葉が、今はきれいに掃き寄せられ、燃やされている。白い煙が立ち、独特の香りが漂っていることだろう。「早や」には、散った状態を以前に見ていたことが表されていると思う。季語＝散り紅葉（冬）

4日

鹿の頭を撫でて紅葉の旅終る

『虹立つ』

紅葉と鹿はつきもの。想像で取り合わせたのならば俗っぽくなるところを、「頭を撫でて」は鹿にぐっと近づいてリアリティを感じさせる。奈良の鹿のように人に慣れた鹿を撫でながら、紅葉を満喫した旅の終ることを思う。辺りにも紅葉は見えているだろう。鹿に触った感触が伝わり、旅の途上で見たさまざまな紅葉の景色が思い出される。季語＝紅葉（秋）

5日

残菊のあたたかければ石に坐す

『和語』

衰えを見せ始めた菊が咲いている。秋の終りだが日差しは暖かく、石に座って休む。穏やかな秋晴れの続く頃の自然な動作。日なたの石も暖かくなっていただろう。「残菊のあたたかければ」というつながりは、第一の意味は残菊の色合いなのだろうが、あたりの空気の暖かさをも読み取りたい。季語＝残菊（秋）

6日

残り菊棚田の隅に伏してゐし

『曼陀羅』

色あせた菊が棚田の隅に倒れている。遠くからでもはっきりと菊とわかるのだろう。すでに刈田となっっているであろう棚田が広がる中で、倒れた菊が人のように感じられたのか。「伏してゐし」は擬人的だが、そこがこの句の魅力にもなっている。見たままの景色を描きながらも、作者の残り菊への思いが伝わってくる。季語＝残り菊（秋）

7日

冬に入る照れる所へ水捨て、

『桃は八重』

今日から冬。家事に使った水を日の当たる地面に捨てた。今日から冬かと思えば心持ちも寒く、なんとなく暖かそうなところを選んだ。土の色が鮮やかに変わり、土の匂いもする。それもすぐに乾いていくことだろう。立冬の日の感覚を具体的な動作を通して描く。季語＝冬に入る（冬）

8日

冬来れば母の手織の紺深し

『冬薔薇』

綾子の母は機織りが得意で、綾子の正月の晴着はいつも手織の木綿縞だったという。布はとても大切なもので、代々受け継ぎ、着物として着られなくなれば小物にしたり、はぎ合せて布団がわにしたり、端切れにいたるまで大事に扱った。二十二歳で失った母の残してくれた手織の着物。深みのある紺色の着物に袖を通すとき、冬に立ち向かう力が得られる。季語＝冬来たる（冬）

9日

峠見ゆ十一月のむなしさに

『冬薔薇』

枯れがすすんで見通しがよくなり、しかも空気が澄んで、遠い峠までがずっと見渡せるのだろう。青々と茂っていた時は緑に埋もれていた峠が、今はくっきりと見える。「むなしさ」は心情を表す言葉だが、この句では身をさいなむような思いは感じられない。むしろ、がらんとした十一月の景色を表す。『牡丹』には「静かなる十一月は好きな月」という句もある。

季語＝十一月（冬）

10日

二人居の一人が出でて葱を買ふ

『冬薔薇』

二人暮しのうち一人が葱を買いに出る。米あるいは主たるおかずになる野菜や肉・魚ではなく、みそ汁の具や薬味程度の葱をわざわざ。買い忘れたものをあらためて買いに行くところかもしれない。どちらが買いに行くか話し合いがあったことまで想像しては深読みに過ぎるか。綾子は前年十一月に結婚した。季語＝葱（冬）

11日

藪からしも枯れてゆく時みやびやか

『伎藝天』

藪からしは草取りをしても地下茎で残ってどこにでも生えてくる。手ごわい雑草だ。びんぼうかずらともいう。夏には庭や畑で悩まされたが、枯れていく時は藪からしが「みやびやか」に見えた。あのぶつぶつした花は、枯れても優雅にはほど遠いと思うが、長く伸びた蔓ならば風情があるのか。藪からしに対して「みやびやか」という言葉を選ぶ大胆さが魅力。季語＝枯るる（冬）

12日

冬日くさし一日離れてゐたりし子

『雉子』

珍しく母と離れて一日を過ごした幼い子ども。一日が終って子どもの顔を見た母は、久しぶりのような気持ちがして可愛くてならないだろうが、そこは句に表さない。飛びついてきた子どもの匂いを詠む。外で元気に遊んだのか、冬日の匂いがする。汗と枯草と干した布団のような匂い。少し頼もしくなった感じだ。「くさし」と突き放して詠みながら、愛情が感じられる。季語＝冬日（冬）

13日

冬風鈴鳴りて行きたきところあり

『和語』

風鈴を吊りっぱなしで冬になってしまった。よほど忙しかったのだろうか。しかし句の調子はあっけらかんとしている。風鈴の音が聞こえ、行きたかったところを思い出したのだが、ああ行きたいところがある、という程度の思い。行きそびれていたのは、忙しくとも充実していたからかもしれない。冬に風鈴の音がするのをむしろ楽しんでいるようだ。**季語＝冬（冬）**

14日

枯れに向き重き辞書繰る言葉は花

『伎藝天』

「言葉は花」というような観念をさらりと詠み込んだ句。上五の「枯れ」も抽象的な言葉だが、枯れの進んだ戸外の風景が漠然と脳裏に浮かぶ。中七では、窓に向いて重たい辞書をめくるさまがリアルに思い描ける。そこまでで一句になりそうなところを綾子はもうひと押しする。満目蕭条たる中で辞書に見つけた言葉は生き生きとした花の姿を見せてくれる。「言葉は花」なのだ。**季語＝枯るる（冬）**

15日

初しぐれ虹の松原わたりゆく

『存問』

佐賀県唐津市の虹の松原。唐津湾に沿い五キロにわたって松林が続く。その長い松原を初しぐれが通り過ぎていく。個々の言葉が美しい。しぐれに日が差して、虹も見えているかもしれないと思わせる。季語＝初しぐれ（冬）

16日

紙反古に埋まり十一月ぬくし

『伎藝天』

原稿の下書きか、書類の整理か、部屋中に紙ごみが散らかっている。わが身も埋もれんばかりだが、却って暖かい感じがする。十一月と言うのに部屋の中はぬくぬくとしている。小春日和だろうか。「十一月ぬくし」とは素っ気ない言葉だが、実感を伝える。普通の暮しの中で浮かんだ生の言葉のように見える。季語＝十一月（冬）

17日

咳をして言ひ途切れたるまゝの事

『冬薔薇』

話をしている途中で咳き込み、その後は話題が変わったのか、話自体が終わってしまったのか、いずれにせよ咳をする前に話していたことが言いさしたままになった。蒸し返すほど大事な話題ではなかったのだろう。でも何となく腑に落ちない気持ちが残る。言えなかった内容を具体的に表さなかったので、誰もが思い当たる句となった。季語＝咳（冬）

18日

金沢に来て菓子買ふや冬の雨

『天然の風』

金沢の地名が生きている。歴史のある、食べ物のおいしい街。由緒ある和菓子がいろいろと思い浮かぶ。しかも冬の雨なので、北陸地方とはいえ暖かそうだ。心を弾ませている様子が伝わってくる。綾子が金沢で九年間暮したことも思い合わされる。新婚、子育ての頃に味わった思い出の味をもう一度楽しむのかもしれない。季語＝冬の雨（冬）

19日

冬の海一筋町の切れ目より

『和語』

「出雲崎」と前書があるので、「海一筋」でなく「一筋町」と解した。街道をゆくと、街並みが切れたところで、はっきりと冬の海が見えた。色の濃い、荒々しい海だ。「一筋町」が力強い。低い家並が海に面した道に沿ってつながる様を思う。当たり前の言葉の強さだ。季語＝冬の海（冬）

20日

茎漬に霰のやうに塩をふる

『桃は八重』

茎漬けにたっぷりと塩を振る。粒の大きい粗塩なのだろう。「霰のやうに」という比喩があまりにも無邪気だ。塩の白さと形、それが青菜の表面を覆っていくさまが、地面を打つ霰のように見えたのだ。いかにもありそうな比喩で却って使いにくいのだが、綾子はためらわない。大胆に言い切って、飛び散るほど塩を振っている様子が目に浮かぶ。季語＝茎漬（冬）

21日

暮らしとはこのやうに茎漬もして

『桃は八重』

ひと昔前の茎漬けは作る量が半端ではない。大きな樽に一と冬分を漬け込む作業は一日かそれ以上かかるだろう。洗って水を切るだけでも大変。形を整えて漬けていくのも大仕事だ。冬場の貴重な野菜であり、家それぞれに自慢の味があった。冬の楽しみと思えば、つらいばかりではない。先を考えて仕込んでおく、暮しの大事なひとこまだ。季語＝茎漬（冬）

22日

どの花を挿しても足らず近松忌

『桃は八重』

近松門左衛門の作品に登場する女性は、みなどこかきりりとして美しい。近松忌を修するのに、どんな花を挿して身を飾ったところで足りはしない。綾子の俳句の師である松瀬青々の「浪華女《なにわめ》のせめて花挿せ近松忌」に呼応して詠んだ句。季語＝近松忌（冬）

11月

23日

今ぬぎし足袋ひやゝかに遠きもの

『冬薔薇』

家に帰ってやれやれと足袋を脱ぐ。まだぬくもりが残っているはずだが、いったん脱いでしまえば、足袋など自分には遠いものに思われる。冷ややかなほどに。身に付けて自分の一部だったものが、不意によそよそしい物に見える。疲れているとこんな気分になる。「片方の足袋のありしは障子ぎは」という句もある。早く素足になりたくて無意識に脱いでしまったのか。季語＝足袋（冬）

24日

足袋ぬいでそろへて明日をたのみとす

『冬薔薇』

明日も履く足袋を脱いで揃えておく。今日がどんな日だったかは判らないが、ともかく明日は来る。足袋をきちんと揃えておくという動作は、ごく当たり前に何も考えずに行ったのだろう。身についた自然な動作の中で、ふと自分が明日あることを信じていると気付いた。日常の暮しはすべて、今日と同じような明日の存在を前提としていることに読者も気付く。季語＝足袋（冬）

25日

硝子戸の中の幸福足袋の裏

『冬薔薇』

硝子戸の中に守られている幸福、と素直に読み取っていいと思う。暖かい日の射しこむ窓辺で過ごす時を得た。膝を崩すと足袋の裏が見える。家の中で過ごすだけだから、それほど汚れてもいないだろう。その白さもまた幸せの象徴である。季語＝足袋（冬）

26日

痛むものに窓あり冬の虹山に

『冬薔薇』

痛みに苦しんでいる人がいる。その病室の窓から冬の虹が山にかかっているのが見えた。虹は希望のように思われる。「痛むものに窓あり」は生硬な表現のようだが、病人が窓からの眺めを慰めにしていることが伝わる。『冬薔薇』には病床の姪を詠んだ「冬山を寝て見るものに空青かれ」という句もある。季語＝冬の虹（冬）

27日

父の忌をあやまたずして白山茶花

『仗藝天』

毎年ほぼ同じ日に花を付ける草木がある。この山茶花もそうなのだろう。今年も父の忌にちゃんと咲いた。山茶花が父の忌を覚えていてくれるように感じられる。字余りになっても白という色に特定し、眼前のこの山茶花であることを詠み込まなければ、綾子は納得できなかったのだろう。季語＝山茶花（冬）

28日

雪山へ顔上げつづけ一人旅

『和語』

雪山を堪能した一人旅。常に視線を高く保ち、意気軒高と旅を続けたのだろう。連れがいないとものの思いに耽って俯きがちになりそうなものだが、雪山に立ち向かうように姿勢を正す。一人旅の緊張感と昂揚を伝える。季語＝雪山（冬）

29日

干し大根ちぢむ日和の毎日よ

『存問』

干した大根は見事に縮んでいく。切干にすると元の十分の一くらいの嵩になるのではないか。それもからっとした晴天が続くからこそ。「干し大根ちぢむ日和」という言葉は、太平洋側の乾燥した冬の晴天を思い起こさせる。それが毎日続く。「毎日よ」というざっくりとした下五が力強い。季語＝干し大根（冬）

30日

外套をはじめて着し子胸にボタン

『雉子』

ボタンは金ボタンだろうか。重たい生地で、かっちりと仕立てた外套を着て、少し大人に近づいたように見える子ども。胸の大きなボタンが目立つ。我が子を誇らしく思っている心が伝わってくる。季語＝外套（冬）

十二月

1日

冬薔薇日の金色を分ちくる、　　『冬薔薇』

輝くような冬薔薇。手に取れば、光そのものを手にしているようだ。中七上五はいくぶん抽象的、主観的だ。「金色の日」ではなく「日の金色」。金色という属性を、薔薇が自分に分けてくれる。美しい薔薇をありがたいと思っているのだろう。「分ちくる、」と擬人化して、薔薇との心の距離を近づける。目は薔薇を見ながらも、薔薇への思いを詠む。季語＝冬薔薇（冬）

2日

朴落葉少しの風に遠く飛ぶ　　『虹立つ』

散りかけ、散り敷いた朴の葉に吹きつけた風はわずかだったのに、思いのほか遠くまで飛んで行った。朴の落葉は大きいので、うまく風を受けるとこんなことも起こるのだろう。「少し」「遠く」と当たり前の言葉を使って、ありありと情景を見せる。季語＝朴落葉（冬）

3日

萩枯るる枯れ切らずして十二月

『虹立つ』

萩が枯れている。端の方はかさかさの茶色の糸のようになっているのに、太い茎や根元あたりには、緑色の部分が残っている。まだ枯れきってはいないのだ。萩の枯れざまを大づかみに詠んで、下五は十二月。まだ凍てつく真冬ではない。「冬になり冬になりきつてしまはずに」（『桃は八重』）という句と同じように、季節の繊細なうつろいを詠もうとしている。季語＝十二月（冬）

4日

梅林の冬日素通しなる明るさ

『曼陀羅』

葉の落ちた冬木立は、地面まで日が差しこんで明るい。ことに梅林ならば、木の高さが揃い、枝も刈りこんであるのでなおさらすっきりと明るいだろう。「素通し」という言葉の印象が強い。遮るものなく太陽が見え、梅林全体が明るいように思われる。季語＝冬日（冬）

5日

何いそぐことなき雪の日暮なり　『存問』

何も急ぎの用事はない。雪の降る中、静かに一日が暮れていく。買い物は済ませた。差し迫った締め切りはない。ご飯の支度もできている。といった状態だろう。暖かい部屋で、ただ雪の日暮を楽しむことができる時間。

季語＝雪（冬）

6日

足袋あぶる能登の七尾の駅火鉢　『雉子』

「七尾線」と前書のついた最初の句。乗り換えの駅で火鉢に向かい、雪に濡れた足袋をあぶる。能登半島のさらに奥へ向かう前のちょっとした休憩だ。駅に置かれた火鉢にほっとする旅のひとこまが描かれる。「能登の七尾の」という地名から漁港のあるひなびた町が想像される。季語＝火鉢（冬）

7日

火に寄れば皆旅人や雪合羽

『雉子』

「七尾線」と前書がついた二句目。乗り換えの列車が来るまで、客はみな合羽を着たまま火鉢やストーブに寄りあう。外は雪が降っていて駅舎から出る人はいないのだろう。地元の人もいるかもしれないが、移動の途中で暖を取っている今は、皆旅人に他ならない。少しずつ会話も始まっただろうか。季語＝雪合羽（冬）

8日

雪合羽汽車に乗る時ひきずれり

『雉子』

「七尾線」と前書がついた三句目。やってきた乗り換えの列車に乗り込む。丈の長い雪用の合羽のすそをひきずってしまった。濡れた合羽を着ているだけでもうっとうしいものなのに、その上に丈が長いと気持ちよくはないだろう。でも句の調子は軽く、事実だけを詠む。これも旅の風情の一つ、と楽しんでいるかのようだ。季語＝雪合羽（冬）

9日

魚を焼く炭火の匂ひ暮れ早し

『虹立つ』

魚を焼く匂いではなく、炭火の匂い。魚を火に掛ける前に炭を熾しているのかもしれない。魚の焼ける匂いはさておき、心を落ち着かせる炭火の匂いが中心だ。順調に夕ご飯の用意は進み、ふと気づくと辺りが暗くなりかけている。暮しの中の炭火の匂いと短日の思いとの重なりを詠む。街角で見かけた景色でもいい。昔は夕方に戸外で魚を焼くこともあった。季語＝暮れ早し（冬）

10日

再びは生れ来ぬ世か冬銀河

『牡丹』

限りある命を思う。この世に今の自分が再び生まれ来ることはないのだ。頭上には人と比べれば永遠と思われるほど変わらない星の世界がある。冬空にくっきりと輝く銀河だ。晩年の思いといってもいいが、若くとも無常を思うことは決してまれではない。人とはスケールの違う自然に相対するときにはなおさらだ。季語＝冬銀河（冬）

11日

風垣に吹き寄せられし落葉と石

『曼陀羅』

風垣は風除けの垣根。ところにより材質は石あり竹ありとさまざまだが、その根元に注目。落葉が吹き寄せられるのは当たり前として、石ころまでが吹き寄せられている。句集ではこの句の前後に能登線、千枚田、平時忠墓所と奥能登の風物を詠む句が続く。風垣は輪島の「間垣」のことか。長さ約三メートルの細い竹を隙間なく並べ、竹の城壁のような垣根だ。季語＝落葉（冬）

12日

冬山へ藁靴はいて行けといふ

『牡丹』

地元の老人だろう。冬山を見に行くという作者に藁靴を勧める。登山靴やら雪用の運動靴やらそれなりに準備していただろうに、そんなものじゃダメ、藁靴が一番、と自らの経験を持ち出して主張するのではなかろうか。その断固たる信念に快い驚きを感じた。頑固なだけではない、客人への親切でもあるのだ。季語＝冬山、藁靴（冬）

13日

み仏に美しきかな冬の塵

『桃は八重』

古い仏像。薄暗いお堂の隅に置かれ、埃をかぶっている。間近に見ることのできる仏像だろう。「み仏」という言葉からは、美術品として仏像に向かうのとは違う親しみや信仰心が感じられる。しんと冷え込むお堂の中で、み仏の肩や膝に積もった塵がお燈明の光に照らされている。季語＝冬（冬）

14日

着きたれば重石《おもし》のせよと緋の菜漬

『存問』

「届いたら桶に入れて重石をのせてください。長くもちます。」との手紙を添えて、緋の菜漬が届いた。送り手が手間を掛けて漬けてくれたものに、さらに自分もちょっと手間を掛けるところがまた嬉しい。「年の暮伊賀の緋の菜をかみをれば」という句もある。毎年伊賀の人から緋の菜漬をたっぷりといただいていたらしい。季語＝緋の菜漬（冬）

15日

星ありやと問はんすべなき冬夜かな

『冬薔薇』

家人のいない冬の夜。早く閉めこんでしまい、寒いので空を見に出る気持ちにもなれない。帰ってくる人がいれば、今日は星が見えているかどうか聞くことができるのに。持ってまわった表現だが、星のことだけを言って、冬夜の寒さ、一人のやるせなさが伝わってくる。季語＝冬夜（冬）

16日

突堤の一番先きの冬帽子

『雉子』

岸辺から突堤の先を見る。尖端に冬帽子の人がいる。どこかで見たことがあるような情景だ。海と空を背景にぽつんと小さな冬帽子。読む人によって、天気も、海と空も、冬帽子も、さまざまに想像される。灰色の空、暗い海に毛糸の冬帽子ならば寒々と。真っ青な空、紺碧の海にフェルトの中折帽ならばお洒落に。でも句の基調は自然を前にした人間の小ささか。季語＝冬帽子（冬）

17日

いかるがの松葉とぢこめ池氷る

『天然の風』

斑鳩という歴史の古い土地。そこの池が凍っている。よく見れば氷の中に松葉が閉じ込められている。この松葉も「いかるがの」松葉と思えばどこか繊細な風情が感じられる。「いかるが」と平仮名で表記し、字面も優しい。上品な句としてまとまっているのだが、異なる地名をふと当てはめてみたくもなる。季語＝氷る（冬）

18日

れんこんの泥東京に来て乾く

『天然の風』

掘り上げた泥が付いたままの蓮根。その泥が、東京の冬の乾いた空気の中で白っぽく乾いている。家でも店先でもいい。遠く東京まで運ばれて乾いた泥が句の中心だ。泥も故郷を離れてきた。蓮根だけでは歳時記に載っていないが、秋から冬にかけて旬なので冬の季感がある。季語＝蓮根掘る（冬）

19日

枕頭に仰臥漫録雪の日も　『和語』

「吉野秀雄氏を見舞ふ」と前書がある。病弱だった吉野秀雄は、正岡子規の歌論に傾倒して歌を始めた人。まみえることのなかった子規の『仰臥漫録』が病床の枕頭にある。『仰臥漫録』がこれほど似つかわしい人はないだろう。前書がなければ、何となく病床の枕辺が想像される淡い句となる。雪の降る日に布団に入ったまま『仰臥漫録』を繰る。季語＝雪（冬）

20日

霜焼けの手をならべ見すもう癒ゆと　『冬薔薇』

子どもだろう。霜焼けで赤くふくらんだ手が痛々しかった。それが今はもう治ったよ、と両手を並べて見せてくれる。「手をならべ見す」という動作がいかにも無邪気でかわいらしい。昭和十九年に「永子吾が家の子となる　二句」として「沈丁の香に来らずやと呼びて」とともに並ぶ。疎開で丹波にやってきた子だろうか。綾子は三十七歳。可愛がっている様子だ。

季語＝霜焼け（冬）

21日

雪の日や小さい家が夜になる

『冬薔薇』

静かな雪の一日。穏やかに暮れ、雪の降り積む小さな家が夜を迎える。「小さい家」が童話のようだ。寒いが、雪に包まれるように、こじんまりと灯した家。室内の暖かさや安心を読み取るのは、私が暖かい地方の生れだからかもしれない。季語＝雪（冬）

22日

猪肉を煮る味噌焦げて冬至なり

『和語』

牡丹鍋の味噌が焦げてきた。こうばしい香りがする。一年で一番夜が長い冬至だが、鍋を囲む親しい人たちの幸せな時間は続く。「味噌焦げて」という具体的な事実を描いて、鍋を囲む状況をリアルに想像させる。季語＝冬至（冬）

23日

長風邪の或る日レモンを買ひに出づ　『伎藝天』

風邪が長引く。動けないほどつらくはなくても、咳や鼻水、だるさが尾を引くことがある。外出は控えていたが、ある日気晴らしのようにレモンを買いに出た。香りが良く、酸っぱいレモンは風邪に効き目がありそうだ。レモンだけを買いに出る気軽さが魅力。季語＝風邪（冬）

24日

つひに見ず深夜の除雪人夫の顔　『雉子』

前夜遅くまで、近くの道の除雪をしている音が聞こえていた。除雪車の車上で操作するのだろうか、あるいは、人がシャベルで雪を掻くのだろうか。ありがたいことだと思いながら、その人の顔を見ることはなかった。「つひに見ず」という言葉に、どことなく申し訳なさを感じる。季語＝除雪人夫（冬）

25日

雪晴といふ一日の午前過ぐ

『虹立つ』

あちこちに残った雪が眩しい。天気予報で今日は一日雪晴と言っていた。この美しい日の午前中はもう過ぎてしまった。上五から中七にかけてののんびりした調子と、どこか他人事のような口ぶりが、無為の半日を思わせる。老後あるいは予後か。それとも忙しく立ち働いた半日だったろうか。いずれにせよ、きらきらとした半日が目の前を通り過ぎていった。季語＝雪晴（冬）

26日

武蔵野は青空がよし十二月

『存問』

何でもないことを感じたままに大らかに詠んだ。落葉して広くなった武蔵野の冬空は真っ青だ。からっと乾いて晴れあがった十二月の空こそ武蔵野にふさわしい。「青空がよし」も「十二月」もあまりにも生の言葉で、俳句に使うのはためらわれると思うが、こう言い切るのが細見綾子なのだろう。季語＝十二月（冬）

27日

年の暮長きじねんじよ横たへて

『天然の風』

年用意の一つだろうか。家の中の寒い場所、あるいは土の上に自然薯を横たえる。長い格好のまま、しばらく保存するのだろう。あわただしい年の暮だが、美味しいものが一つ準備できた。自然薯の長さが嬉しい。季語＝年の暮（冬）

28日

年の瀬のうららかなれば何もせず

『存問』

一年の締めくくりと新しい年を迎える用意で何かと気忙しい年の瀬。用事を次々と片付けるはずだったが、今日のこのうららかさ。晴れあがって暖かい陽気なので「何もせず」と言い切ってしまった。たっぷりと冬日が楽しめただろうか。『武蔵野歳時記』には「麗らかさを私は年の暮に感ずるのが常である。春のうららかさよりもなんだか透徹している」とある。季語＝年の瀬（冬）

29日

昼は晴れ夜は月が出て年の暮

『伎藝天』

意味の上では、天気の良い年の暮というだけなのだが、この句にはたっぷりとした時間が感じられる。よく晴れた昼にはいろいろと年用意をしたに違いない。夜もそのまま晴れ渡り、月が出る頃には一息ついただろうか。ゆったりと上五中七を使って時の流れを詠む。「年の暮」だから冬の青空や澄んだ大気が見えてくる。他の季語は考えられない。季語＝年の暮（冬）

30日

年用意利尻昆布の砂落す

『存問』

年用意で準備した利尻昆布。普段使いの出し昆布より高級感がある。黒々とした肉厚の昆布を手に、まず濡れ布巾で砂を落とす。おいしい利尻昆布であることとともに、昔ながらの品物らしく砂がついていることが嬉しい。北の海の砂だ。季語＝年用意（冬）

31日

飲《おん》食《じき》につひやす時間年の暮

『天然の風』

飲食に費やす時間がある。年の暮であっても。何かと忙しい年の暮だから、食事を取るための時間が惜しいようにも思える。でも平常心にふと戻って飲食を楽しむのかもしれない。年用意といっても半ばは飲食の用意でもある。食事の大切さは年の暮も変わらない。季語＝年の暮（冬）

心のままに詠んだ人

Ⅰ　生の言葉

自ら信じること、感じることをそのままに句に詠む。細見綾子といえばそんな印象がある。第一句集『桃は八重』の鮮烈な句のゆえだ。

チューリップ喜びだけを持つてゐる　『桃は八重』
菜の花がしあはせさうに黄色して　〃
そら豆はまことに青き味したり　〃
うすものを着て雲の行くたのしさよ　〃

いずれの句も聞いて分かる易しい言葉で詠まれ、一読忘れがたい。
綾子の句の魅力の多くは、この大胆な表現にある。易しい言葉とはいえ、「喜び」「しあはせ」「たのしさ」などは、チューブから絞り出した絵具そのままのような生の言葉だ。不用意に俳句に使うと、その言葉だけ浮き上がって、独りよがりの分かりにくい句になってしまう。並の俳句作者ならば怖くて使えない。そこを綾子は一見かるがると正面突破してしまう。「青き味」などという言葉はもう二度と俳句では使えないだろう。綾子だけの言葉になってしまった。抽象的でありながら、読者の体験に訴えかけてリアルに感じられてしまう。これに匹敵するのは「美しき緑走れり夏料理　星野立子」くらいだろうか。

子どもの言葉が時に真実を摑みだすように見えることがある。綾子の句にはそんな天才少女の言葉の趣がある。素朴に見える言葉が読者の心の中の原型のようなイメージを呼び起こし、真実に近いと感じられる。そのとき俳句は強い。感覚の鋭い若い頃には、そんな言葉を天の恵みのように授かることが誰しもあるのだろうが、綾子のこの線の太い表現は生涯にわたって続いて行ったように思う。

キャスリン・バトル虹立つやうに唱ひたり　『虹立つ』

八十歳を過ぎて詠まれたこの句は、ソプラノの歌声を大胆な比喩で表す。「虹立つ」という、季語を離れた普通の言葉が、読者に強いイメージを引き起こす。

再 び は 生 れ 来 ぬ 世 か 冬 銀 河　『牡　丹』

最後の句集のこの句も、当たり前の言葉で自分の思いだけを詠いながら力強い。作者の思いと「冬銀河」という大きな季語がうまく拮抗している。

ただ、抽象的な言葉をそのまま使ってしまうと、綾子ほどの作者でも分かりにくい句になることはあるようだ。

　木綿縞着たる単純初日受く　『和　語』

綾子の句を読みなれた読者ならば、母が織ってくれた木綿縞を思い起こし、ふだん着の心やすさを感じとれる。それゆえ「単純」という言葉に、初日の恵みを感じる素直な喜びを重ねることができるだろう。一人の作者の句集をいくつも読んで、その世界を繰り返し訪れるような俳句の読み方がある。そういう読者にとっては、「木綿縞」は綾子の俳句の世界へのキーワードとなっている。しかし、

　肉親や鯛むしり喰ひみな単純　『牡　丹』
　からたちの花芽単純のび止まず　〃

となると、綾子が「単純」であることに置いている価値が十分には伝わってこないように思われる。綾子にとっては「単純」であることは良きことなのだが。

Ⅱ　安堵の世界

技術が進んで、生活のすみずみまで楽になった。家じゅうの蛇口からお湯が出る。一年中新鮮な野菜や果物が食べられる。家電製品を使わないで手を使う暮しが、却っておしゃれで、流行の

最前線であるという風潮すらある。綾子の俳句には、決しておしゃれとは言えないが、日々手間を掛け、知恵を使って、自然と折り合っていく暮しがよく登場する。少し前までは父母や祖父母が当たり前にしていた暮しだ。
家族のために木綿縞を織る。黴が生えないように餅を水に浸ける。その水を毎日替える。蕗の薹やぜんまいなどを野で摘む。梅を漬ける。真夏に腐らないように魚を塩干しする。冬に備えて野菜を干したり漬けたりしておく。生きることに直接結びついた手仕事の世界だ。家の内でも外でも、一日中くるくると立ち働いていた日本の母の暮しを、綾子の句は明るく肯定する。

暮らしとはこのやうに茎漬もして　『桃は八重』
手の乾く間なき女に山茶花咲く　〃
水餅の水替ふこともくらしかな　『天然の風』
餅のかびけづりをり大切な時間　『和　語』
餅のかび削りて時間忘れたり　『伎藝天』
蕗の薹喰べる空気を汚さずに　『和　語』
蕗の筋よくとれたれば素直になる　〃
青梅を洗ひ上げたり何の安堵　〃
梅漬ける甲斐あることをするやうに　『冬薔薇』
鍋洗ふ女の一生《ひとよ》すだれ照る　『雉　子』

手仕事に集中し、ふと我を忘れる時間がある。その時間が綾子は嫌いではなかったのだろう。「甲斐あることをするやうに」とは反語なので、甲斐はない、と言っているわけだが、甲斐がないと思いながらも面倒な仕事を毎年繰り返したり、一仕事すませてほっとしたり、結構夢中になって働いている自分を客観的に見て、面白がるような気配がある。我を捨てて素直になれる大切な時間なのだ。

たいていの人の暮しは波瀾万丈というよりは、単調な繰り返しと感じられる部分が多い。そこに退屈したり、幸せを感じたりしながら生きていくわけだ。できれば幸せを感じたい。平凡な暮しの価値を認められたい。綾子の俳句を読む喜びの一つは、手を実際に働かせて生きていく日々を、楽しいと感じさせてくれるところだろう。「何の安堵」と疑問を抱く、かすかな心の屈折はあっても、そこには安堵できる世界がある。

Ⅲ　どこまでも主観

人が何を大切に思うかは、いかに育てられ、暮してきたかに大きく左右されると思う。世界を捉え、立ち向かうのに、努力して学んだ論理や価値観を使い、賢く分析して生きて行く人もあるだろうが、感覚や印象といった部分では、子どものころから身体になじんだ暮しや物事のやり方を離れるのは難しい。たとえば身体が弱ったときに口にするものとしては、四十代以上の日本人ならばおかゆと梅干を思い浮かべるだろう。でもアメリカ人ならばピーナッツバターとブルーベリージャムのサンドイッチを思い起こすそうだ。栄養価とか消化の良さといった理屈では説明できない、身体の記憶があるのだろう。

綾子の場合、心の芯となるのは故郷の丹波での暮しだ。木綿縞を織り、蕗の薹を焼き、梅干を漬ける暮しの価値は抜きがたく、絶対の自信を持っているように思われる。ほとんどの季語には常に故郷の思い出がまつわる。故郷から移植した父の山茶花、子どもの頃遊んだ蟻地獄、桑畑から見える月、家の中でも聞こえる栗の落ちる音、畦に咲く曼珠沙華……。いつも心が帰っていくところであり、故郷にいたころの、単純なふだん着の暮しこそ望ましい。

綾子のファンにとってはそれだけで安心できる世界なのだが、俳句としては、その世界を突きぬけて、異界が見えるような句も読みたい。

異界とはいっても銀河系の酒場に行ったり、爆心地でマラソンをしたりしなくてもいい。ごく当たり前の景色の中に、思わぬ出会いがあり、いつもと違う様相に気付かせてくれるような句には、異界が見えると思う。詠まれているのは日常の景色であっても、日常から1ミリでも1センチでも足が浮いているような俳句が確かにある。

川に芥押し流れゐて梅雨の町　『冬薔薇』

梅雨のころの町中の川。ふだんは考えられない嵩のごみが流れていく。

朝霧の晴れて山見ゆ花うつぎ　『伎藝天』

朝霧の中で空木の花に目を留めていたら、やがて霧が晴れ、山が見えてきた。

朴落葉少しの風に遠く飛ぶ　『虹立つ』

朴の落葉がわずかな風にあおられて、思いのほか遠くまで飛んだ。

これらの句には、たくまずして出会った世界の一部が、飾り気なく詠みとめられている。誰もが見ている光景のはずだ。だが、誰も目を留めなかった新鮮な瞬間や角度がある。読者はなるほどと思いながら、どことなくはっとする。

こんな瞬間を捉える一つの方法に客観写生があるのだが、綾子のやり方は違う。綾子はどこまでも主観を手放さない。ものを描くというよりも、ものへの自分の思いを描こうとしている。

冬になり冬になりきつてしまはずに　『桃は八重』

主観だけの句だ。季節の移る頃に綾子は何を見たのか、何を聞いたのかは描かれない。自らの感覚だけを信じて、「冬になりきってはいない」と断言する。そしてそれは思いのほか普遍的な感覚なので、読者もなんとなく納得する。冬という厳しい季節だから成り立っている句。秋や春では迫力が足りない。

おそらくこの句は「萩枯るる枯れ切らずして十二月」（『虹立つ』）と似通った状況を詠んでいるのだろうが、具体的に描いた句よりも却ってその大胆さが面白く感じられる。

寒の空もの、極みは青なるか　『冬薔薇』

この句は寒の空の描写ともいえるかもしれない。しかし、句の中心は寒の空を仰いだ綾子の感嘆そのものだ。

くれなゐの色を見てゐる寒さかな　『冬薔薇』

花の色でも冬芽の色でもない。抽象的なくれなゐの色。寒さに拮抗する色だと、綾子が感じた。だから描いた。読みはお好きなように、というところだ。
どの句も、それほど難しい言葉を使っているわけではないが、内容は抽象的だ。具体的なものが詠まれないままに句が成り立っている。それなのにどこか説得力がある。自分の感覚を信じ、ためらいもなく描く。その表現の力強さに読者は巻き込まれて、当たり前の句のように読んでしまう。
俳句では、季語に思いを託すことを重んじ、先人が積み重ねてきた季語のイメージの中に、作者の思いを溶け込ませて読者に感じ取ってもらおうとする。なるべく自分の主観を排そうとするのはそのためだ。だが綾子の場合は、思いというよりも、ある記憶そのものを季語に託そうとする。

記憶にも今日の秋空桐立たむ　『冬薔薇』

沢木欣一の出征を送る会の時の句だ。秋空を背景とした桐の木の姿を別れのモニュメントとする。極めて個人的な思い出。

仏見て失はぬ間に桃喰めり　『伎藝天』

仏像のイメージを桃に重ねるために急ぐようだ。

思ひ出す事あるやうに鶏頭立つ　『桃は八重』
鶏頭の襞にこもれりわが時間　『牡　丹』

数々の綾子の鶏頭の句を思えば当然の感慨だろう。この二句の中心は季語ではなく、綾子の思いと記憶そのものだ。読者は「細見綾子の句」として読むほかない。ものとの距離を計る感覚も綾子の句にはよく表われる。

藤はさかり或る遠さより近よらず　『冬薔薇』
鶏頭を三尺離れもの思ふ　『冬薔薇』
夕方は遠くの曼珠沙華が見ゆ　『冬薔薇』
今ぬぎし足袋ひやゝかに遠きもの　『冬薔薇』
門を出て五十歩月に近づけり　『牡　丹』

ものを見つめ続けて没入していくのではなく、季語であるものが目の前にあり、吾がここにある。その間の距離を強く意識する。この場合も、俳句の中で「自分」は季語と同じ重みを持っているのだ。言い切ってしまえば、細見綾子は大変わがままな俳句作者だったのだと思う。普通の人が俳句のご機嫌をうかがいながら句を詠んでいるとすれば、細見綾子は自分の思いに俳句を従わせて句を仕上げている。

蕗の薹見つけし今日はこれでよし　『存問』

自分の思いや記憶と季語を同等に並べ置いて、十分に読者の共感を得られる句ができてしまう。綾子マジックだ。

「単純な」手作りの暮しを、平明な言葉づかいで一見無造作に詠む。そのテーマは全て細見綾子の魅力的な主観だったのだ。きっと身の回りのすべてを、生き生きと面白がる知的な人だったのだろう。一度はお会いして、郷里の丹波のこと、長く過ごされた武蔵野のことなど伺いたかった。平成九年秋、お亡くなりになったときに私が詠んだ句を再掲する。

ふるさとの栗を待たずに逝かれけり　由美
ふだん着で花野に紛れたまひけり

平成二六年七月

岩田由美

季語索引

榠櫨の実［かりんのみ］（秋）……177
枯るる［かるる］（冬）……190・191
枯草［かれくさ］（冬）……21
枯芝［かれしば］（冬）……21
寒［かん］（冬）……16・17
元日［がんじつ］（新年）……7・8
寒卵［かんたまご］（冬）……11・12
灌仏会［かんぶつえ］（春）……63
寒牡丹［かんぼたん］（冬）……16
雉子［きじ］（春）……54・72
キャベツ［きゃべつ］（夏）……64
桐の花［きりのはな］（夏）……87
銀杏［ぎんなん］（秋）……169
茎漬［くきづけ］（冬）……194・195
葛［くず］（秋）……149・178
葛の花［くずのはな］（秋）……144・145
蜘蛛の子［くものこ］（夏）……62
栗［くり］（秋）……150・151・152
栗の花［くりのはな］（夏）……85
栗飯［くりめし］（秋）……152
暮早し［くれはやし］（冬）……207
黒揚羽［くろあげは］（春）……77
鶏頭［けいとう］（秋）……163・167・168
氷［こおり］（冬）……13・211
五月［ごがつ］（夏）……78・86
苔清水［こけしみず］（夏）……127
今年竹［ことしだけ］（夏）……89
辛夷［こぶし］（春）……44・50
胡麻刈る［ごまかる］（秋）……154
冴返る［さえかえる］（春）……37
桜［さくら］（春）……56
桜の実［さくらのみ］（夏）……72
山茶花［さざんか］（冬）……14・198
寒し［さむし］（冬）……18
残菊［ざんぎく］（秋）……187
四月尽［しがつじん］（春）……73
時雨［しぐれ］（冬）……13・20
猪肉［ししにく］（冬）……12
枝垂桜［しだれざくら］（春）……60
自然薯［じねんじょ］（秋）……181
清水［しみず］（夏）……113
霜焼［しもやけ］（冬）……212
芍薬［しゃくやく］（夏）……91
十一月［じゅういちがつ］（冬）……189・192
十三夜［じゅうさんや］（秋）……157
十二月［じゅうにがつ］（冬）……204・215
秋夜［しゅうや］（秋）……156
春暁［しゅんぎょう］（春）……69
春雷［しゅんらい］（春）……53・68
正月［しょうがつ］（新年）……9
菖蒲［しょうぶ］（夏）……81
菖蒲田［しょうぶた］（夏）……82
除雪［じょせつ］（冬）……214
白魚［しらうお］（春）……37
白絣［しろがすり］（夏）……127
新樹［しんじゅ］（夏）……83
沈丁花［じんちょうげ］（春）……52
新年［しんねん］（新年）……7
水仙［すいせん］（冬）……22・25
涼し［すずし］（夏）……115

簾［すだれ］（夏）……118
菫［すみれ］（春）……48
すもも祭［すもももまつり］（夏）……122
施餓鬼［せがき］（秋）……139
咳［せき］（冬）……193
雪渓［せっけい］（夏）……100
早春［そうしゅん］（春）……38
蕎麦刈［そばかり］（秋）……175
蚕豆［そらまめ］（夏）……82
大暑［たいしょ］（夏）……124
田植［たうえ］（夏）……80
滝［たき］（夏）……125・128
竹の皮［たけのかわ］（夏）……101
筍［たけのこ］（夏）……86
足袋［たび］（冬）……196・197
近松忌［ちかまつき］（冬）……195
チューリップ［ちゅーりっぷ］（春）……61
蝶々［ちょうちょ］（春）……41
散紅葉［ちりもみじ］（冬）……186
追儺［ついな］（冬）……26
月［つき］（秋）……157
燕［つばめ］（春）……77・99
梅雨［つゆ］（夏）……102・106・107
露けし［つゆけし］（秋）……146
天瓜粉［てんかふん］（夏）……106
冬至［とうじ］（冬）……213
年の暮［としのくれ］（冬）……216・217・218
年の瀬［としのせ］（冬）……216
年用意［としようい］（冬）……217
土用入［どよういり］（夏）……122
鳥雲に［とりくもに］（春）……45
団栗［どんぐり］（秋）……155
蜻蛉［とんぼ］（秋）……141
梨の花［なしのはな］（春）……53
茄子［なす］（夏）……139
夏霧［なつぎり］（夏）……109
夏草［なつくさ］（夏）……98
夏座敷［なつざしき］（夏）……119
棗の実［なつめのみ］（秋）……176
夏痩［なつやせ］（夏）……131
菜の花［なのはな］（春）……49
菜飯［なめし］（春）……55
二月［にがつ］（春）……35
虹［にじ］（夏）……113
ぬかご飯［ぬかごめし］（秋）……154
葱［ねぎ］（冬）……189
猫柳［ねこやなぎ］（春）……51
涅槃図［ねはんず］（春）……32
合歓の花［ねむのはな］（夏）……119
墓参り［はかまいり］（秋）……137
萩［はぎ］（秋）……159・170
萩刈る［はぎかる］（秋）……172
葉桜［はざくら］（夏）……79
蓮根掘る［はすねほる］（冬）……211
裸［はだか］（夏）……118
初時雨［はつしぐれ］（冬）……192
初蝶［はつちょう］（春）……35
初日［はつひ］（新年）……8
花［はな］（春）……59
花うつぎ［はなうつぎ］（夏）……99

花菖蒲［はなしょうぶ］（夏）……81
花時［はなどき］（春）……59
花野［はなの］（秋）……142・143
花火［はなび］（秋）……137
花火屑［はなびくず］（秋）……141
花御堂［はなみどう］（春）……62
浜木綿の花［はまゆうのはな］（夏）……134
薔薇［ばら］（夏）……78
春［はる］（春）……28・31・47・66
春霰［はるあられ］（春）……34
春雨［はるさめ］（春）……61・68
春田打つ［はるたうつ］（春）……44
春立つ［はるたつ］（春）……26・27
春の星［はるのほし］（春）……27
春の水［はるのみず］（春）……29・50
春の雪［はるのゆき］（春）……36・54
春疾風［はるはやて］（春）……51・55
春深し［はるふかし］（春）……71
晩夏［ばんか］（夏）……132・133
万緑［ばんりょく］（夏）……89
彼岸［ひがん］（春）……49
菱餅［ひしもち］（春）……42
雛流し［ひなながし］（春）……42
緋の菜［ひのな］（冬）……209
火鉢［ひばち］（冬）……205
昼顔［ひるがお］（夏）……123
昼寝［ひるね］（夏）……108
枇杷［びわ］（夏）……108
蕗［ふき］（春）……67
蕗の薹［ふきのとう］（春）……45・46・47
藤［ふじ］（春）……71
葡萄［ぶどう］（秋）……140
蒲団［ふとん］（冬）……20
冬［ふゆ］（冬）……191・209
冬来る［ふゆきたる］（冬）……188
冬銀河［ふゆぎんが］（冬）……207
冬薔薇［ふゆそうび］（冬）……203
冬に入る［ふゆにいる］（冬）……188
冬の雨［ふゆのあめ］（冬）……193
冬の海［ふゆのうみ］（冬）……194
冬の虹［ふゆのにじ］（冬）……197
冬日［ふゆひ］（冬）……19・190・204
冬帽子［ふゆぼうし］（冬）……210
冬山［ふゆやま］（冬）……208
冬夜［ふゆよ］（冬）……210
蛇［へび］（夏）……105
遍路［へんろ］（春）……64
法師蟬［ほうしぜみ］（秋）……140
朴落葉［ほおおちば］（冬）……203
干大根［ほしだいこ］（冬）……199
螢［ほたる］（夏）……95・96
牡丹［ぼたん］（夏）……83・84・91
牡丹の芽［ぼたんのめ］（春）……36
牡丹雪［ぼたんゆき］（春）……32・33
盆［ぼん］（秋）……138
松の蕊［まつのしん］（春）……65
祭［まつり］（夏）……96
豆稲架［まめはざ］（秋）……173
金縷梅［まんさく］（春）……66
曼珠沙華［まんじゅしゃげ］（秋）……160・161・162

水餅［みずもち］（冬）……10
溝萩［みぞはぎ］（秋）……143
蓑虫［みのむし］（秋）……174
零余子［むかご］（秋）……156
麦［むぎ］（夏）……103
麦刈る［むぎかる］（夏）……104
麦の秋［むぎのあき］（夏）……92・102・103・104
木槿［むくげ］（秋）……138
虫［むし］（秋）……170
名月［めいげつ］（秋）……158
めだか［めだか］（夏）……84
餅［もち］（冬）……11
餅花［もちばな］（新年）……10
紅葉［もみじ］（秋）……182・185・186
桃［もも］（秋）……135・136
桃の花［もものはな］（春）……43
簗［やな］（夏）……133
藪入［やぶいり］（新年）……15
山蟻［やまあり］（夏）……116
山焼［やまやき］（春）……29
夕立雲［ゆうだちぐも］（夏）……125
雪［ゆき］（冬）……15・25・30・205・212・213
雪合羽［ゆきがっぱ］（冬）……206
雪解川［ゆきげがわ］（春）……38・41
雪雫［ゆきしずく］（冬）……19
雪残る［ゆきのこる］（春）……34
雪晴［ゆきばれ］（冬）……215
雪山［ゆきやま］（冬）……198
夜寒［よさむ］（秋）……171
緑蔭［りょくいん］（夏）……88
六月［ろくがつ］（夏）……98
わかめ汁［わかめじる］（春）……70
病葉［わくらば］（夏）……126
渡り鳥［わたりどり］（秋）……177
藁靴［わらぐつ］（冬）……208

無季……31・179

著者略歴

岩田由美（いわた・ゆみ）

昭和36年　岡山県岡山市に生まれる。
昭和62年　俳誌「青」入会。
平成元年　第35回角川俳句賞受賞。
平成03年　波多野爽波主宰死去により「青」終刊。
平成08年　句集『春望』刊。
平成14年　句集『夏安』刊。
平成22年　句集『花束』刊。
俳誌「藍生」・「屋根」に所属。
句集『花束』で第34回俳人協会新人賞を受賞。

現住所　〒221-0854
　　　　横浜市神奈川区三ツ沢南町5－12 岸本方

発　行　二〇一四年八月二五日初版発行
著　者　岩田由美

発行人　山岡喜美子
発行所　ふらんす堂
〒182-0002東京都調布市仙川町一―一五―三八―2F
TEL（〇三）三三二六―九〇六一　FAX（〇三）三三二六―六九一九

綾子の一句　365日入門シリーズ

URL :http://furansudo.com/　E-mail :info@furansudo.com
装　丁　君嶋真理子
印　刷　三修紙工㈱
製　本　三修紙工㈱
定　価＝本体一七一四円＋税
ISBN978-4-7814-0694-7 C0095 ¥1714E